TAKE
SHOBO

侯爵令息は意地っ張りな令嬢をかわいがりたくて仕方ない

山野辺りり

Illustration
ことね壱花

蜜猫
MitsuNeko

侯爵令息は意地っ張りな令嬢をかわいがりたくて仕方ない

contents

イラスト／ことね壱花

侯爵令息は意地っ張りな令嬢をかわいがりたくて仕方ない

プロローグ

茶番。

そんな陳腐な言葉しか浮かんでこない光景が、今まさにクローディアの眼前で繰り広げられていた。

室内にいるのは、三人の男女。勿論《もちろん》一人はクローディア自身だ。

流行に敏感な主《あるじ》の趣味が反映された部屋は、いつでも美しく調えられている。天上からは有名なガラス工房から最近取り寄せたシャンデリアが下がっているし、ふかふかのソファは何年も前から予約して、ようやく人気家具職人に作らせたものだ。

当然、テーブルや椅子、壁にかけられた絵画や置かれた調度品も一級品。

絨毯《じゅうたん》に至っては、一枚で労働階級の一家が一生遊んで暮らせるくらいの価値がある。

その上に、今にも崩れ落ちそうな風情で泣き続ける女が立っていた。

断っておくが、クローディアではない。

銀に近い淡い金髪は光に透け、泣きはらした青の瞳は宝石のように輝いていた。普通、どんな美女も盛大に泣けば不細工になるものだが、彼女に関して言えば、当て嵌《あは》まらないらしい。可憐《かれん》としか表現できない弱々しさは庇護《ひご》欲をそそる。そして対峙《たいじ》するクローディアに罪悪感を抱かせるのには、充分すぎる姿だった。

「ごめんなさい、クローディア……全て私が悪いの。お願いケイシー様を責めないで……！」

「何を言っているんだ、ヘレナ。悪いのは僕だ。君には何の非もない」

彼女を支える男が首を振った。茶番を演じる、もう一人の登場人物である。

「いいえ！　ケイシー様の優しさに甘えてしまったのは私だもの……クローディアの婚約者だと知っていたのに、自分の気持ちが抑えきれなかったの……！」

キラキラとこぼれる涙は、美しい。たぶん大抵の人間ならば、見惚《みと》れてしまうに違いない。クローディアだって、今までなら『ヘレナは私が守ってあげなくては！』と使命感に駆られていた。生来身体が弱く、儚《はかな》い雰囲気を漂わせる彼女は、たった一人の大切な親友だから。

いや、『だった』と言うべきか。

少なくともこの状況で、クローディアにはヘレナを助けてあげたいという気持ちは湧いてこなかった。理由は簡単。

友人に寄り添い、親密な仕草で腰を抱いている男が、自分の婚約者だからである。

「ヘレナ、自分を責めてはいけない。君の魅力に抗《あらが》えなかった僕にこそ罪がある……！」

「ケイシー様……！」

ヒシッと抱き合う男女を前に、クローディアの魂は抜けかけていた。もはや抜け殻だったと言っても良い。

いったい自分は今何を見せられているのだ？　と自問する声が聞こえたが、答えなど出るはずもない。むしろ聞きたくない。

オルグレン男爵家の娘として、婚約を交わしたのはちょうど一年前。夜会で声をかけてきたケイシーは、とても優しく紳士的だった。

それまで家族以外の男性とまともに話したこともないクローディアは、眉目秀麗な彼にたちまち舞い上がった。

楽しい会話とお洒落《しやれ》な贈り物。淑女として扱われる喜び。甘い言葉にのぼせ上がり、彼からの求婚に大喜びで頷《うなず》いた。自分以上に幸せな娘などこの世のどこにもいないのではないかと思ったほどだ。

家族に祝福され、親友にも祝われて、あとは結婚式当日を待つばかり——だったのに。

おめでとうと、満面の笑みで言ってくれたヘレナは偽物《にせもの》だったのか？

さめざめと泣く彼女と記憶にある友人の姿が重ならない。それからクローディアに愛を囁《ささや》いていたケイシーはどこへ行ったのだ。

「世界で一番、ヘレナを愛している！」

——それ、私にも言ってくれなかったかしら？

クローディアは呆然《ぼうぜん》としながらも、次第に頭の芯が冷えてゆくのが分かった。

誰がどう見ても、この場で邪魔者なのは自分の方だ。しかし、事実は確かめねばならない。

「……二人は、いつからそんな関係になっていたの？」

自分でも驚くほど、クローディアの口からは冷めた声が出た。けれども、怒っていないわけでも傷ついていないわけでもない。単純に、どうすればいいのか見当がつかなかったからだ。

頭の中はぐちゃぐちゃで、叶《かな》うなら自分だって弱々しく倒れこみたい。泣いて誰かが助けてくれるのなら、そうしたい。だが無情な現実は違う。

クローディアを守り支えてくれるはずの婚約者の手は、しっかりとヘレナを抱いていた。まるで、クローディアから庇《かば》うように。

「……十か月ほど前からだ」

やや言い難そうにケイシーが濁す。それはそうだろう。本当なら、クローディアに求婚した二か月後には別の女に手を出していたことになる。それも、婚約者の親友に。

「……っ、私のことを、陰でこそこそ嗤《わら》っていたの？」

自分が浮かれていた自覚はあった。毎日楽しくて、世界が輝いて見えて、ヘレナにも何度も惚気話《のろけばなし》を聞いてもらった。ケイシーとだって将来や新居について話し合っていたではないか。

裏では、二人揃《そろ》って馬鹿にしていたのかと思うと、気が遠くなってくる。

鼻の奥が痛くなり、クローディアの視界が涙で滲《にじ》んだ。だが、その瞬間。

「私が！　私が悪いの……っ！　ごめんなさい、クローディア……っ！　何もかも私が弱かったから……ケイシー様は弱い私を無下に扱えなかったのよ……！」

「違う！　君を支えたいという気持ちが、僕の本心だ！」

再び同じような遣《や》り取りに戻る。終わらない陳腐な茶番のせいで、クローディアの涙は引っこんでしまった。

泣きたいのはこっちの方だ。しかし先に眼の前で他人に泣かれると、気分が削《そ》がれるのは何故《なぜ》なのだろう。不思議と白けた心地になってゆく。

次第に悲しみよりも疲労感が勝ってきたクローディアは、深々と溜《た》め息を吐いた。

「……あの、そういうのはいいから、事実だけを教えてくれないかしら」

聞きたいのは、悲劇の主人公を装った自己弁護ではない。クローディアが口にすると、ケイシーは悲しげに眼を細めた。

「……君はいつもそうだ。どんな場面でも冷静沈着。年齢の割に落ち着いたところが魅力だと思ったけれど……実際は冷たい人間なのだな」

「え？」

この流れで自分が責められる理由が分からず、クローディアは瞬《まばた》いた。今問題になっているのは別件のはずなのに、何故非難の矛先がこちらに向いているのだ。それに言われるほど冷静でもない。内心は嵐が吹き荒れているけれど、必死に自我を保とうと頑張っているだけだ。

「やめて、ケイシー様。クローディアは少し感情表現が下手なだけよ」

そして何故、ヘレナに擁護されることになっているのか。

唐突な展開についてゆかれずクローディアが黙りこむと、ケイシーがずいっと前に出てきた。背後にヘレナを庇い隠して。

「ヘレナが可哀想《かわいそう》だとは思わないのか？　こんなに痩せ細って……！　君はこんな時でさえ感情を乱しもしないのだな！　全く可愛《かわい》げがない人だよ」

確かに、友人は最近随分痩せた。もともと細いから、痛々しいほどだ。同時に生来の色の白さとあいまって、妖精のごとき儚さは、尚更《なおさら》彼女の美しさを強調してもいた。

「……心配はしていたわ。でも、今話しているのはその件とは別でしょう？」

話し合うべきはヘレナの体型でもクローディアの性格についてでもない。クローディアは正論で諭そうとしたが、それがまたケイシーの気に障ったらしい。

「君には、優しさや情が足りない！」

「やめて！　私のせいで二人が争う姿なんて、見たくないわ……！」

再びガッシリ抱き合う二人。激しい虚脱感が、クローディアを襲った。

――もう、無理。

これはどう足掻《あが》いたところで、元の鞘《さや》に収まることはないだろう。クローディア自身、己の中にあったケイシーへの愛情が変質してゆくのを感じていた。親友だったヘレナも、見知らぬ他人に見えてくる。何よりも、自分がいたたまれない。

「クローディアは強いから一人でも生きていけるだろう？　でもヘレナには僕がいなくては駄目なんだ。傍で僕が一生守り支えてあげなければ……！」

「嬉《うれ》しい、ケイシー様……！」

陶酔の眼差《まなざ》しでお互いを見つめ合う二人には、クローディアの存在など塵芥《じんかい》にも等しいらしい。すっかりこの場にいることも忘れられたのか、こちらの眼も憚《はばか》らずいちゃつき出した。

「この先、何があっても君を守るよ」

「たとえ地獄でも、貴方《あなた》についてゆきます」

放っておけばキスでもしそうな風情に、クローディアは咳払《せきばら》いで歯止めをかけた。

「んんっ、つまりケイシー様は私との婚約を白紙に戻したいということですか？」

これでも一応、クローディアだって彼を好きだったのだ。結婚に憧れだって持っている。人並みに幸せを夢想して、晴れやかな未来を想《おも》い描《えが》いていた。

一点の曇りもない将来を信じて疑っていなかった、つい先刻までの自分を殴りたい。

何故。どうして今日このタイミングで、ケイシーを突然訪ねようとなどとしてしまったのだろう。慣れないサプライズなどしなければ良かった。いつも通り、きちんと約束を取りつけた後、時間ピッタリに訪問すれば問題なかったのだ。

――知らないままでいられたら、婚約者も親友もなくさずに済んだのかしら……

幸せな花嫁として、満面の笑みを浮かべていられたのかもしれない――と考え、クローディアは即座に否定した。

仮に真実を知らなかったところで、結果は同じだ。

ケイシーの気持ちは既にクローディアにはなく、ヘレナと通じ合っている。万が一このまま結婚していれば、更なる悲劇が待っていたに違いない。

――婚姻前で、運が良かったと思うべきかしら……

乾いた笑いで唇を引《ひ》き攣《つ》らせたクローディアは、無理やり己を納得させようとした。しかし胸にドカンと空いた虚《むな》しさを、埋めることなどできはしない。それにもはや問題は、当事者同士だけのものではないのだ。

貴族の結婚とは、家と家の繋《つな》がりでもある。クローディアのオルグレン男爵家とケイシーのファレル子爵家、双方に何と言って説明しよう。

「その件なんだが、最初から何もなかったことにしてほしい」

「……はい？」

想定外のケイシーの返答に、クローディアは首を傾《かし》げた。

心の底から、『この人は、何を言っているのかな？』と思った。婚約して一年。結婚式はもう二か月後だ。式への招待状は送付済みだし、ドレスは完成している。料理等諸々《もろもろ》の手配も当然済んでいる。

既に周知のことなのだ。それを何もなかったことになど、できるわけがない。

「……おっしゃる意味が分かりませんけれど」

婚約解消するにしても、相応の違約金やら方々への説明は不可欠だ。クローディアは眉間に皺《しわ》が寄るのを抑えられなかった。

対応を誤れば、クローディアの評判は地に墜《お》ちる。結婚直前に捨てられた令嬢だなんて、醜聞甚だしい。こちらに落ち度がないことを明確にしてもらわねば、今後新しい縁組だって難しくなる。

これまで、清く正しく貞淑に生きてきたクローディアにとって、それは耐え難い屈辱だった。

「婚約破棄されるのであれば、原因をちゃんと明らかにしていただきませんと……」

「はっ、原因が僕にあるとでも？　よくもそんな酷《ひど》いことが言えたもんだ！」

突如眦《まなじり》を吊《つ》り上げた彼は、苛立った様子で声を荒げた。

「君は常に自分だけが正しいと思っているのだな。その態度が、いかに僕を傷つけてきたか、想像したこともないのだろう！」

芝居がかった仕草で両腕を広げたケイシーは、悲痛に顔を歪《ゆが》ませた。見た目だけなら悲嘆に暮れる美青年が、大仰に頭を振る。

「礼儀、伝統、慣例を重んじるのは結構だが、結婚する相手に対してもっと安らぎを与えてくれてもいいじゃないか。キスどころか手も握らせないとは、どういう了見だい？　僕らは恋人同士ではなく、いつも教師と生徒のようで息苦しかったよ」

「え……」

クローディアは考えてもみなかったことを告げられ、愕然《がくぜん》とした。

彼の言う通り、これまで婚約はしていても適切な男女の距離は守り続けていた。二人きりになることも、身体に直接触れることも拒み続けた。

それが、クローディアが両親から教えこまれた常識だったからだ。

結婚するまでは無垢《むく》であれ。純潔を守り、真っ白なまま愛する人に嫁ぐ——当たり前すぎて、疑問を感じたこともなかった。ケイシーは、それが不満だったのか。

「で、でしたら言ってくだされば……」

「言ってどうなる？　君はいつも通りお堅い貞操観念を振りかざし、『貞節』を知らない僕を馬鹿にするんだろう」

「馬鹿になんて……」

した覚えはない。ただ、クローディアにとって当然のことを述べていただけだ。

思い返してみれば、迫ってくる彼に拒否を伝えれば引いてくれたけれども、その都度不満を募らせていたのか。こちらの想《おも》いを納得し受け止めてくれていたのではないと知り、少なからず動揺してしまった。

クローディアにとっては正しいと感じることを行動に移しただけだが、ケイシーにとっては侮辱と映ったのかもしれない。だとすれば、少しだけ、申し訳なく思う。

「だがヘレナは違う！　僕を優しく慰め丸ごと受け入れて、大切なものを差し出してくれた！　気持ちが傾いても仕方がないだろう」

「……ん？」

何だか少々、話の雲行きが怪しい。クローディアはケイシーの背後に立つヘレナの仕草へ釘付けになった。彼女は俯《うつむ》きながらもこちらを窺《うかが》い——そして、大切そうに腹を撫《な》でている。

「……！」

こんな時、察しがいいのは不幸でしかない。クローディアがポカンと口を開くのと前後して、ヘレナが両手で顔を覆った。

「ごめんなさい……！　でもこの子には何の罪もないの。お願い、どうか恨まないで……赤ちゃんから父親を奪わないで……！」

「ああ、ヘレナ。そんなに泣いて興奮してはいけないよ。さ、ここへ座って」

いそいそと彼女をソファへ導くケイシーは、クローディアには見せたこともないほど蕩《とろ》けた顔をしていた。

「あ、あ、あの、まさか……」

「ヘレナを責めないでくれ！　今、妊娠五か月なんだ。ただでさえ身体が弱くて色々気をつけなければいけないのに……」

つまり、それだけ長い間、クローディアのことを裏切っていたことになる。彼らは自分たちの罪を自白したも同然なのだが、微塵《みじん》もそうは思わないのか悲劇の主人公を演じ続けた。

「分かるだろう、クローディア？　ヘレナは他に結婚しなければならない相手がいる僕に、全てを与え許してくれた。だからこそ、愛の結晶である子供ができたんだ」

綺麗《きれい》な言葉で言い繕ってはいるが、要約すれば『何にもやらせてくれないお堅い婚約者より、簡単に身体を許す別の女に乗り換えました』と宣言しているだけだ。しかも、『他に結婚しなければならない相手がいる』という被害者意識はどういうことだ。

ぐるぐるとクローディアの頭の中で言葉が回る。

反論や抗議が一緒くたになって、出口を求めて暴れ狂っていた。

けれども、どれ一つとして口から出てこない。

言葉が、心の一部が、死んでゆく。虚無に喰《く》い荒らされ、空っぽになる。

だって二人が見ているのは、クローディアなんかではない。お互いだけだ。彼らの世界に、クローディアは必要ない。

精々が恋情を燃え上がらせるための障害。その程度にしか認識されていないのに、これ以上何も言えるわけがなかった。

「お腹《なか》の子のためにも、醜聞は少ない方がいい。だから僕たちの婚約は、最初からなかったものとして皆に説明してくれ」

「お願い、クローディア。罰なら私が受けるわ。だからこの子のために……！」

狡《ずる》い。子供を引き合いに出すのは卑怯《ひきょう》だ。責任を持つべきは親である二人なのに、何故尻拭いをこちらに求めるのか。

言ってやりたい台詞《せりふ》が、クローディアの口元まで出かかった。

私には関係ない。泥を被《かぶ》るならご自由にどうぞ、と言いかけて結局呑みこむ。

さっきまでは大切な存在だった二人が遠い。積み上げたはずの関係は、いとも容易《たやす》く壊れるものらしい。もう彼らを愛することも友人だと思うこともできない。

むしろ憎しみが勝って、胸の中が真黒に染まってしまいそうだ。今ならきっと、吐き出す息も黒い霧だろう。けれども――

――子供には、罪がない。

クローディアは強く拳を握りこんだ。

ケイシーに会うために、少しでも綺麗であろうとして丁寧に磨いた爪が掌《てのひら》へ喰いこむ。しかし痛みは感じられなかった。

あるのは、心を切り刻まれた苦痛だけ。それさえ麻痺《まひ》してしまってよく分からなくなっている。ただ、眩暈が酷くて今すぐ倒れこみたかった。だがクローディアには支えてくれる腕はもうないのだ。

どんよりとした眼差しを上げれば、寄り添い合う男女が立っていた。いっそ滑稽なくらいありありと『私たち愛し合っています！』という空気を放ちながら。

気持ちが悪い。何もかも全部、なくなってしまえばいい。

クローディアは深く長い溜め息を吐き、ゆっくりと頷いた。

第一章　家庭教師になります

応接間のあまりの立派さに、クローディアは開きそうになる口を必死に閉じていた。

高い天井には、見事な絵が描かれている。大きな窓を囲う枠は金。繊細な装飾が施され、まるでそれ自体が美術品のようだ。

置かれた家具は磨き抜かれて、触れることさえ躊躇《ためら》われる。迂闊《うかつ》に指紋をつけないよう、クローディアは背筋を伸ばして椅子に腰かけていた。

広すぎる室内の中央に据えられたテーブルを挟み、身なりの良い気品溢《あふ》れる夫人が座っている。彼女はとても四十台とは思えない若々しい容姿と美しさを備えていた。

「ようこそいらっしゃいました、先生。どうぞよろしくお願いいたします。私は当家の女主人、リズベルトです。そしてこちらが娘のエリノーラよ」

「初めまして……クローディア・オルグレンと申します」

立ちあがり完璧な淑女の礼を取ったクローディアに、リズベルトは満足げに微笑《ほほえ》んだ。

「アリステリアさんが急遽《きゅうきょ》来られなくなって一時はどうなるかと思ったけれど、流石《さすが》は彼女の紹介ね。良い方のようで安心しました」

一方、クローディアは名乗った家名にリズベルトが反応しなかったことにホッとしていた。アリステリア――叔母の言う通りだったと、心底安堵《あんど》する。

やはり侯爵家ともなれば、いくら貴族社会の醜聞であっても男爵家程度の話題には興味がないらしい。流石にここまで、婚約破棄された娘という噂《うわさ》は流れてきていないようだ。

「さぁ、エリノーラ。貴女《あなた》もご挨拶なさい。今日からクローディアさんが貴女の家庭教師をしてくださるのよ」

夫人の横には、淡い金髪に水色の瞳をした美少女が座っている。歳《とし》は十歳。成長途中の手足は細く丸みにかけるのに、既に美女になる片鱗《へんりん》を窺わせていた。長い睫毛《まつげ》を不安げに瞬かせ、白い頬《ほお》に朱を走らせている。

「は、初めまして……エリノーラです。よろしくお願いします……クローディア先生」

可愛い。

妹がいないクローディアは、生まれて初めて胸が締めつけられるような感激を味わった。

噂には聞いていたが、こんなにも容姿の整った少女だったとは。しかも恥ずかしそうに俯く姿が堪《たま》らない。

俄然《がぜん》やる気が湧いて来て、クローディアはにこやかに微笑んだ。

「はい、よろしくお願いします。本日から、お世話になります」

人生、何があるか分からない。順風満帆に見えて、一寸先は闇だ。

——私も、まさかこんなことになるとは夢にも思わなかったわ……

オルグレン家から遠く離れ、生まれて初めて一人旅を味わった。迎えの馬車は手配されていたから何の不自由もなかったけれど、辿《たど》り着《つ》くまで不安はいっぱいだった。

クローディアは今、広大な領地を所有するヘイスティング侯爵家の屋敷にいる。

歴史が古く、王家と深い繋がりを持つヘイスティング侯爵家の娘、エリノーラの家庭教師を務めるために。

——優しそうな奥様に、可愛らしいお嬢様……良かった、私ここでやっていけそう。

内心悪い想像を巡らせて怯《おび》えていたクローディアは、迎え入れてくれた家族の様子に、肩の力を抜いた。

「後程、夫たちが戻ったら改めて家族を紹介しますね。それまでに屋敷内を案内しましょう」

「はい、是非」

立ちあがった夫人に従い、クローディアも続く。そして、ここに至るまでの顛末《てんまつ》を思い出していた。

あれは、そう。

約ひと月前の出来事である。


『それで男の言いなりになってやったの？　馬鹿ねぇ』

叔母のアリステリアは呆《あき》れ顔《がお》で言うと、優雅にお茶を飲んだ。

場所はオルグレン邸にあるクローディアの部屋。窓には分厚いカーテンが引かれていたが、叔母が入室するなり全て開け放ってしまった。しかも問答無用で窓も開けられ、現在とても明るく爽やかに換気がなされている。

クローディアが婚約破棄されてから既に二か月。本当ならば、とっくに嫁いで新妻になっているはずだった——が、最近ではほとんど自室から出ない生活を送っていた。

理由は勿論、他人の目が気になるからだ。

結婚直前で捨てられた令嬢、友人に裏切られた娘——諸々の噂は、社交界の人々を大いに楽しませていた。

いくら結婚自体最初からなかった話を装っても、到底騙《だま》し通せるものではない。当たり前ながら、面白おかしく噂話は広がってしまった。ただ一点、ヘレナの妊娠に関してだけは秘密が守られたけれども。

彼女は今、ファレル家所有の別荘で匿《かくま》われているはずだ。そこでこっそり子供を産む手筈《てはず》が整っているらしい。ある程度騒ぎが収まれば二人は正式に結婚する予定だと耳にしている。

知りたくもない情報だが、報告は義務だとでも思っているのか、妙に律儀にケイシーが教えてくれたのである。余計にこちらを傷つけるだけとも知らず。

クローディアはギリリと奥歯を噛《か》み締《し》めた。

おかげで自分はすっかり屋敷に引き籠りだ。外に出れば好奇の目に晒《さら》されるのだから、どこにも行く気になれない。夜会など以《もっ》ての外《ほか》。

そもそも一度難ありの烙印《らくいん》が押された女に、好き好んで求婚しようという男は現れないだろう。お先真っ暗とは、まさにこのこと。

両親からの腫れもの扱いも辛い。もういっそ田舎にでも引っ越して、一人寂しく生きていこうかと考えていた。

そんな折、父の妹である叔母が会いにきてくれたのだ。

『……子供に、咎《とが》はありませんもの』

『だからと言って、クローディアが泥を被っていたら不公平じゃないの。貴女、自分が巷《ちまた》で何と囁かれているか知らないの？』

『存じております』

叔母はクローディアの父とは十七歳も年が離れており、まだ二十八歳。クローディアとは丁度十歳違いで、姉妹のような間柄だった。

美人で快活、社交的な点が自分とは正反対だ。言いたいことをビシッと口にできる度胸と頭の良さは、クローディアが尊敬している点である。ただ一つ、辛辣という欠点はあるけれども。

『お堅いあまり、婚約者に逃げられたと嗤《わら》い者になっているのよ。どうしてこちらに落ち度も責任もないと広めないのよ』

『無責任な噂については重々承知しています』

普段なら楽しいアリステリアとのお喋《しゃべ》りだが、傷を抉《えぐ》らないでほしい。そっとしておいてくれとクローディアは視線で訴えたが、叔母には通じなかった。

『分かっていないわ。これから先、新しいご縁にだって響いてしまう。――もう……貴女が真面目なのは知っているけれど、少しぐらい許してあげれば良かったのに』

彼女が自分のことを心底案じ、かつ憤ってくれていることは痛いほど伝わってきた。とてもありがたいし、嬉しい。

両親や使用人たちから怖々遠巻きに接されているよりも、いっそ清々《すがすが》しいほどだ。だが、クローディアが立ち直るには、まだ日数が少なすぎた。

今日、アリステリアと顔を合わせる決意をしたのは、彼女ならば他の人とは違うことを言ってくれるのではないかと期待したからに他ならない。慰めでも叱咤《しった》でも良い。とにかく別の意見を聞きたかった。それなのに――

『叔母様までそんなことをおっしゃるの……？　婚前交渉なんて言語道断よ。神様がお許しにならないわ。結婚までは、清い身体を保つことが常識でしょう！』

『……表向きはね。でも、どうせ結ばれる相手なら、早いか遅いかだけの違いでしょう。むしろ足を開いて身体で繋《つな》ぎ止《と》めておけるなら、安いものよ』

半眼になったアリステリアが信じられない意見を宣《のたま》った。

両親も似たような内容を言ったけれども、流石にここまで赤裸々には表現していない。精々、手を握ったりキスをしたりするのは、許容範囲であると諭してきただけだ。クローディアは瞬時に真っ赤になって眼を見開いた。

『叔母様……何て破廉恥なことをおっしゃるの……！』

『クローディア、貴女の生真面目さは美点だし私は好きだけれども、時には冒険心も大事だと思うのよ』

『そ、そんな冒険に繰り出すつもりはありません。ふしだらだわ……！　教会に顔向けできなくなってしまいます。淑女たるもの、未婚の内は純潔を保つ。これは当然のことです』

『黙っていれば分からないわよ。クローディアは、昔から頑固ねぇ……』

溜め息を吐き出したアリステリアは、美しい顔を歪めた。少しばかり変わっている彼女は、クローディアには想像もつかないことを時折口にする。

これまではそんな自由気ままさも魅力だと感じていたが、こと色恋の話になるとクローディアには到底理解が及ばなかった。

『ま、処女だから頭でっかちになっても仕方ないわね』

『叔母様！　しょ……しょ……処女だなんていやらしい単語を使わないでください』

『事実でしょう？　でも婚約者の友人に手を出すような屑男《くずおとこ》に穴を開けられなくて良かったじゃない。それから、頭も股も緩い女と縁切りもできたわけだし。考えようによっては、幸運だったかもね』

あんまりなもの言いに、クローディアはあんぐりと口を開いた。

せめてもう少し、色々気遣った表現をしてもらいたい。これでも、心を許していた人たちに裏切られて、傷心真《ま》っ只中《ただなか》の乙女なのだ。

『んー……だけど、納得いかないわ。結果的に屑男と緩い女を庇って、クローディアが物笑いの種にされている状態だもの。こっちが被害者なのに、おかしいわ』

『……私だって、理不尽だとは思っていますけれど……』

自分が矢面《やおもて》に晒されることで、生まれてくる赤子に厳しい目が向かなければ良いと思った。甘いのかもしれない。だが、あの二人のことはともかく、まだこの世に生まれてきてもいない命を、世間の荒波に投げこみたくなかったのだ。

だからクローディアは口を噤《つぐ》んだ。

好き勝手な噂が蔓延《まんえん》していても、積極的に訂正しようとは思わなかった。どうせ人の噂などすぐに興味は移り変わる。自分が話題の中心に据えられるのも、一時のこと。だとすれば、嵐の中でじっとしていれば良い。

『……お人好《ひとよ》し』

クローディアの内心を読み取ったのか、アリステリアはこちらの頭を撫でてきた。そして豊満な胸へと抱き寄せてくれる。

昔から、クローディアに厳しいことを言ったりからかったりしてくるけれど、本当はとても優しい人なのだ。姉妹がいないクローディアにとっては、頼れる姉も同然だった。

『貴女の良さが分からないボンクラなんて、こちらから捨てればいいわ。でも、このまま屋敷に引き籠って暮らすのは辛いでしょう？　騒ぎが収まるまでどれだけかかるか想像できないし』

『……ヘレナに子供が生まれてケイシー様と正式に結婚すれば、鎮火した噂も再燃するでしょうね』

たぶん、長期的に社交界を賑《にぎ》わす話題になってしまう。今更ながら、クローディアは軽率な選択だったかと後悔した。

しかしヘレナは元来身体が弱くて、とても醜聞に晒される心労には耐えられないだろう。下手をしたら、母子共に危うくなってしまう。やはりこれでよかったのだと、クローディアは無理やり自分を頷かせた。

『どうするつもり？』

『しばらく田舎で暮らそうと思っています。噂の当事者がいなければ、他人の興味は薄れるでしょう？　オルグレン家の別荘地に行くつもりです』

もしかしたら数年間は、華々しい場所と縁がなくなることも覚悟している。その間に婚期を逃すことも。しかしこれ以上嘲りの対象になることは、クローディアにとっては耐え難かった。

どうせ頑張って夜会に出て結婚相手を探したところで、もはや絶望的だ。

だったら田舎でのんびり暮らすのも悪くない。ひょっとしたら王都の噂など届かない地で、良縁に恵まれるかもしれない。

強引に気持ちを鼓舞し、クローディアはぎこちなく笑った。

逃げたと嗤いたいなら嗤えばいい。実際、逃亡同然だ。

ケイシーはクローディアを強いと評したけれど、それは勘違いだ。実際には、こんなにも弱い。

脆《もろ》さを見せる勇気すらなく、甘え方も知らない。

――私が寂しさや不安を素直に伝えられていたら……結果は違ったのかしらね……

虚しい『もしも』が胸に痛い。

ふとした拍子にこぼれそうになる涙を、クローディアは瞬《まばた》きで振り払った。

『ですからしばらく叔母様にも会えなくなって――』

『それなら、いっそ別人になって別天地で働いてみない？』

『え？』

別れの挨拶を告げようと思った矢先、眼前のアリステリアがニッコリと微笑んだ。涙が引っこんだクローディアは、首を傾げて彼女を凝視する。

『あの、どういうことですか？』

『そのままの意味よ。クローディアとは別の人間として、全く違う人生を歩んでみるのはどうかしら？』

『叔母様、ちょっと意味がよく分かりません』

いったい何を言っているのか。傾げたままの首が痛い。クローディアはアリステリアをじっと見つめた。

『……叔母様、少しふっくらされましたか？』

クローディアはこれまで自分のことで頭がいっぱいだったせいで気がつかなかったが、よく見れば叔母はほんの少しだけふくよかになった気がする。

もともと細身だから健康的で丁度いいけれど、胸の膨らみも成長しているように感じられた。椅子に座ったアリステリアを改めて上から下まで観察すれば、全体的に丸みを帯びている。

もっとも、彼女の魅力を損なうものではなく、より肉感的に女性らしさが加わったと言った方が正確だ。

『ま、失礼ね。でもその通りよ。二人分の栄養を取らなければならないから、大変なの』

『……えっ？』

想定外の発言に、クローディアは前のめりになった。

二人分、という言葉から連想させられるのは、たった一つだ。ましてや、大事そうに腹を撫でるアリステリアの仕草には見覚えがある。友人だったヘレナがしていたのと、全く同じ動作ではないか。

『お、叔母様、まさかとは思いますが……』

『うふふ。妊娠は初めての経験だから、ドキドキしちゃうわ』

『ま、待ってください。だって叔母様は……』

結婚していない。いや、正確には、寡婦である。十代の頃、随分年上の大地主に見初められ、熱烈に求愛されて嫁いだのだ。

しかし幸せな結婚生活は長く続かず、数年後、夫となった男性は呆気《あっけ》なく病気で亡くなってしまった。以来、婚家の親族とは上手《うま》くいかなくて、追い出される形でクローディアの父である兄を頼り生きてきたのだ。

叔母は年齢よりもずっと若く見え、輝く美貌を持っているから、これまで再婚話は幾つもあった。けれど亡き夫を未《いま》だに深く愛しているアリステリアは全て断ってきたはずだ。

男性の影など微塵《みじん》も感じさせなかった彼女の言葉が信じられず、クローディアはパクパクと空気を食《は》む。

『い、いつの間にご結婚されていたのですか？』

もしや、クローディアが婚約破棄されて落ちこんでいるから、言えなかったのだろうか。だとしたら、申し訳ない。

クローディアは混乱する頭で、とりあえず謝罪すべきかどうか悩んだ。

『してないわよ。結婚なんて』

『ええっ？』

あっさりと返されて、思考停止した。クローディアの培《つちか》ってきた常識の中に、まるでない答えだったからだ。

子供とは、愛し合う男女の間に生まれ落ちる命ではないのか。一人では、作れないはず。

『あの……私、何か聞き間違いか勘違いをしてしまったみたい。叔母様、気にされたらごめんなさい。やっぱりお太りになられた？』

『極端に肉はついてないはずだけれど、少し節制しなければならないわね。あまり肥満が進むと、出産が大変になるそうだもの』

クローディアが期待した答えには掠《かす》りもしない返答に、眩暈がした。

おかしい。だが自分が変なのか、アリステリアが変なのか、分からない。

ぐるぐる回る頭の中は疑問符に埋め尽くされていた。

『……叔母様の子供が、お腹にいらっしゃるのですよね？』

『当たり前じゃない。どうやったら他人の子が私の腹に入ってくるのよ』

『……どなたが旦那様ですか？』

『旦那様なんていないわよ』

平行線である。どこまでも噛み合わない不毛な会話が空回りしていた。

不思議の国に迷いこんだ心地でクローディアは奇妙な汗を掻《か》き始める。ついに自分の頭がどうにかなってしまったのかもしれない。こわばった顔で、ぎくしゃくと無意味に動いていた。

『……ぷっ、ふふふ……面白い顔。ごめんなさい、真面目で礼節を重んじる貴女にも分かるように説明するわ。まだ、結婚はしていないの。これからするわ。その、ちょっと予定が狂って、順番が変わってしまったのよ』

『ああ……』

ようやく合点がいって、クローディアは頷いた。しかしそうすると、俄然相手が気になってくる。

アリステリアはずっと亡夫だけを想い続け、あらゆる誘いを跳ね除けてきたはずだ。いつどこで、子供ができるほど異性と親密になる機会があったのか、想像もできない。

『実はね、私の幼馴染《おさななじみ》のケビンを覚えている？　貴女も何度か会ったことがあるはずだけど』

『ケビン様？　ああ、はい。覚えています。子爵家の三男でいらした身体の大きな方ですよね。昔遊んでいただきました』

熊のような立派で強靭《きょうじん》な体格に似合わず、とても愛らしい笑顔の男性だった。温厚な性格で、幼い子供たちに好かれていた記憶がある。

確か彼は、運動神経の良さを生かして、城の警備隊に入隊したはずだ。

『え？　もしかして……』

『そう。彼、ずっと私のことが好きだったんですって。でも昔は年上好きを公言していた私に告白できなくて、更にその後は、夫を亡くしたところへつけこむことも憚られるから遠慮していたそうよ。それで十年以上無駄にするなんて、意気地なしだと思わない？』

悪口めいたことを言いつつ、アリステリアは柔らかくはにかんでいた。その様子から、彼女がとても幸せであることが窺える。

『長年気がある素振りも見せなかったくせに、何を思ったのか急に熱烈に口説いてくるのだもの……つい絆《ほだ》されてしまったわ』

肩を竦《すく》める仕草さえ、どこか誇らしげだ。淡く染まった頬が、雄弁にアリステリアの心情を教えてくれる。

クローディアも嬉しくなって、思わず叔母の手を握っていた。

『おめでとうございます、叔母様』

まだ若いのに、亡き夫との思い出だけをよすがに生きようとするアリステリアの姿は悲しかった。いくら本人が構わないと言っていても、できれば新しい幸せを見つけてほしいと願っていたのだ。

我がことのように感激が込みあげたクローディアは、心から祝辞を述べた。

『良かった……ケビン様なら必ず叔母様を幸せにしてくださいます』

『……少し、情けないところもあるけれど、私もそう思っているわ。――でも、クローディアは本当に優しい子ね……貴女が大変な時に、正直言い出しにくかったの……ごめんなさい』

『そんなこと……』

クローディアは驚いて言葉を失った。

別に、アリステリアとヘレナを重ねて見たりしていない。それとこれは話が別だ。確かに元婚約者と友人には傷つけられたけれど、新しい命が生まれることは純粋に喜ばしい。まして大好きな叔母が掴《つか》んだ幸せならば、祝福しないはずがなかった。

『赤ちゃんが生まれてくるのを、楽しみにしています。どうか元気な子が生まれますように』

『ありがとう、クローディア。……こんなに良い女を捨てるなんて、貴女の元婚約者は見る眼がないわ。こちらから願い下げよ』

やや乱暴な言い方だが、彼女なりに慰めてくれているのだ。わざとらしく話題を避けられたり、除け者にされたりするよりずっと気が楽になる。

クローディアは久し振りに心から笑顔になることができた。

『こちらこそ、ありがとうございます。叔母様』

『うふふ。どういたしまして。ところで、クローディア。さっきの話に戻すけど、心機一転働く気はない？』

『さっきの話?』

アリステリアの告白に驚いて、すっかり忘れていた。

クローディアは一瞬視線をさまよわせ、すぐに思い出す。

『ああ。別人になるとかいう……』

『実はね、私これからも独りで生きてゆくつもりだったから、兄の——貴女のお父さんの庇護を抜け出したいとずっと思っていたのよ。そのためには手に職がないといけない。だけど、女の身でできることはたかが知れているでしょう?　それで、知り合いに家庭教師の口を紹介してもらったの』

通常、女性は未婚の内は父親、大人になれば夫に扶養してもらうのが当たり前だ。けれど、事情により叶わない者もいる。

その場合自力で稼がねばならないのだが、労働階級ならまだしも、上流や中流階級の女性となれば職種は限られてくる。

裕福な身分であるほど、『何もしない』ことが美徳だからだ。

すると体面が保てて、かつ容認できる仕事は家庭教師しか見当たらなかった。

『え……ですがお父様は、叔母様を邪険に扱ったりはしていませんよね?』

『勿論よ。お兄様はいつまでも私の生活の面倒を見てくれると言ってくれているわ。だけど、私が嫌だったの』

自立心の強いアリステリアは、庇護されるだけの生活が気詰まりだったと語った。

『もっとも、威勢の良いことを言っておきながら、あっさり子供ができてしまって諸々予定が崩れてしまったんだけどね』

片目を瞑《つぶ》った彼女は非常に魅力的だ。生き生きとして常に輝いている。きっとケビンもそんな力強さに惹《ひ》かれたのだろう。

『で、問題はここからなのよ。紹介してもらった家庭教師の勤め先……結構無理を言ってお願いしたところなの。今更行けなくなりましたなんて、失礼すぎてとても言えないわ。誰か代役を立てようにも、条件が厳しいし身元のはっきりした人でなくてはならないでしょう？　だからすごく困っていたのよ』

女性家庭教師の仕事は、良家の子女の教育だ。フランス語やラテン語などの言語から礼儀作法、音楽などを教える。

男子に比べれば、女の子の教育は軽んじられがちだが、それでも立派な淑女を育て上げるのには欠かせない存在である。

家族でもない、使用人でもない微妙な立ち位置にあたる家庭教師は屋敷に住みこむので、誰でも良いというわけにはいかなかった。

まずは言語に堪能であること。最低限の教養を身に着けていること。繕い物が上手であることが求められる。

『まぁ……叔母様、いつから勤める約束だったのかは分かりませんが、急いで代理の方を見つけなければならないのではありませんか？』

正直なところ、家庭教師の成り手は大勢いる。余っていると言っても過言ではない。そのため条件の良い勤め先は少ないのだ。アリステリアが無理を言って紹介してもらったお屋敷ならば、おそらく給金が申し分ないと思われる。

だとすれば、叔母が辞退すれば希望者が殺到するかもしれないけれど、質の高い家庭教師もまた、数は少ないのが実情だった。

アリステリアはフランス語とラテン語に加えイタリア語も操る。芸術ごとに明るく、ダンスが上手い上に頭がよくて、針仕事も完璧にこなす。当然淑女教育も身に着けている。つまりはこれ以上ないくらい、理想的な逸材なのだ。

それだけのものを家庭教師に求める家ならば、そんじょそこらの小娘ではご不満であるに違いない。

『叔母様と同等の教養を持っていらっしゃる方なんて、簡単には見つからないのではないかしら』

『褒めてくれてありがとう。ねぇ、クローディア。貴女が代わりに行ってみない？』

『……え？』

微塵も考えていなかったことを提案され、クローディアは固まった。思考も完全に止まる。

言い方は悪いけれども、家庭教師という職を求めるのは、生活に困った中流階級以上の独身女性なのだ。

様々な事情により、父または夫という扶養者を失った者が行き着く先。

現在クローディアには父親という庇護《ひご》者が存在している。結婚する前に破談になったのだから、出戻りとも言えないはずだ。たぶん。

『クローディアなら、語学も教養も申し分ないでしょう？　手先は器用だし、知識が豊富だわ。まさに条件にピッタリだと思わない？』

『お、叔母様、冗談はよしてほしいわ』

『至極、本気よ。むしろ貴女しかいないと確信したの。お願い、私を助けると思って！』

アリステリアに両手を握られて、クローディアは思わず仰《の》け反《ぞ》った。

彼女の眼が本気だ。

しかし、クローディアには『働く』ことなど、今までの人生計画に入ってはいなかったので、動揺してしまう。つい最近まで、新婚生活に夢を馳《は》せていたのだ。

急激な方向転換についてゆかれず、ただ首を振っていた。

『む、無理です。人に教えた経験もありませんし……』

『誰だって、最初は初めてよ。——ねぇ、クローディア。何も私は自分のためにだけ言っているわけではないのよ。これは貴女にとって良い機会だと思うの。考えてもみて？　家に閉じ籠っていても何も解決しないし、欝々とするばかりじゃない？　お兄様やお義姉《ねえ》様と顔を合わせるのも、苦痛ではないの？』

図星を突かれ、クローディアは黙りこんだ。

いくら世間の噂から耳を塞いで引き籠っていても、あらゆる人と交流を断つことはできない。その筆頭が、両親である。

極力会わないよう気をつけていても、同じ屋敷内で生活していれば完全に断絶することは不可能だ。心配されているのがヒシヒシと伝わって来れば、尚更《なお》辛い。

口にされない分、余計に重圧を感じるのは、被害妄想なのか。

悪意はなくても苛立ちと鬱憤が溜《た》まる日々。お互い薄氷を踏む心地で毎日を過ごすことは、なかなかに息苦しかった。

『今は、時間と距離が必要だと思うわ。貴女にも、お兄様たちにも』

『叔母様……おっしゃりたいことは、分かりました。でもお父様が許すとは思えません』

労働は卑しい行為。貴族の中にはそんな考えが根づいている。生活のために働いて金銭を得ることは、やむにやまれぬ事情がある時以外、選択しないのが当たり前だった。

『クローディアは、自立したいと考えたことはない？　女は常に男性に養われていないと価値がないなんて、おかしいとは思わないの？　甘い考えなのかもしれないけれど、私は自分の力でできることはしてみたいと望んでいるわ。まぁ、出鼻をくじかれてしまったけど』

両手で下腹を撫でながらぼやくアリステリアを見遣《みや》り、クローディアは瞳を揺らした。

思い描いたこともない未来を提示され、戸惑っている。

良妻賢母になることこそ、女の喜び――そう教えこまれて生きてきたから、他の道があるとは想像もしていなかったのだ。

しかし全く違う選択肢を示されて、興味がなかったと言えば嘘《うそ》になる。

クローディアはもともと勉強が嫌いではないし、教えることもやってみれば楽しい気がした。

裁縫は苦痛ではなく、『自立』という言葉には非常に惹かれる。

何よりも、この閉塞的な状況から抜け出せるのなら、どんなに素晴らしいだろう。

つまり、端的に言って心が傾いたのだ。

『でも……お父様は反対されるに決まっているわ』

『表向きは、田舎にあるケビンの別荘で、療養を兼ね妊婦である私の世話をしばらくするというのはどう？　兄さんたちには私が上手くごまかしてあげる』
魅力的な誘いに、クローディアは息を呑んだ。断る理由が見つからない。
いや、断らずに済む理由を探している時点で、もう答えは出たも同然だった。
『……詳しく、教えていただけますか？　叔母様』
こうして、クローディアは心を固め、ヘイスティング侯爵家にやって来たのである。

「エリノーラは少し身体が弱いので、あまり無理はさせられませんの。けれど、知識や礼儀作法は、きちんと身につけさせたいわ。そのために金銭は惜しまないつもりです。クローディア先生なら安心して任せられそうで安心しました」

「ご期待に添えるよう、頑張ります」

通常家庭教師の給料は安く、存在自体軽く見られがちだがヘイスティング侯爵家の給金は破格だ。他ではお目にかかれない金額である。

しかもきちんと敬意を持って接してくれている。クローディアは、背筋が伸びる心地がした。

「ダンスは省いてくださって結構です。その代わり、ピアノを教えていただけますか？」

「はい、かしこまりました」

内心安堵の喝采をあげつつ、表向きは平静を装う。

アリステリアと違い、クローディアはダンスが苦手だった。他の科目に関してはそれなりに自信があるが、身体を動かすことは得意ではないのだ。ただし、ピアノならば問題ない。

「良かった。エリノーラは音楽が大好きなのです」

ますますクローディアを気に入った様子のリズベルトは、両手を合わせた。

芸は身を助けると、つくづく実感する。長年習い事に手を抜かず取り組んできて良かった。

「こちらが先生の部屋です。荷物も運んでおきました」

「まぁ……」

冷遇されがちな家庭教師の部屋とは思えない、立派な内装に驚いた。

充分な広さの室内には、大きなベッドが置かれている。机も新しく、機能的だ。日当たりは申し分なく、可愛らしいカーテンもかけられている。

想像以上の厚遇に、クローディアは嬉しくなった。

「ありがとうございます。こんなに素敵なお部屋を用意してくださるなんて」

「大切な娘をお願いするんですもの。これくらい当然です」

今日この日を迎えるまで、正直なところ安請け合いしてしまったかもしれないと悔やんでいたのだが、勇気を出し、一歩踏み出して正解だった。これから先の明るい生活を思い、クローディアの顔に自然と笑みがこぼれる。

この屋敷で、自分は生き直すのだ。婚約者に捨てられた哀れな令嬢クローディア・オルグレンではない。侯爵家の家庭教師クローディア・オルグレンとして立派にやり遂げてやる。

叔母アリステリアは、『どうしても駄目だったら、契約更新をお断りして戻ってくればいいわ』と言ってくれたけれども、叶うなら長く勤めたいと早くもクローディアは思っていた。

「では続いて、娘の部屋にご案内しますね。その後、図書室も。こちらはご自由にお使いください」

「本当ですか？　ありがとうございます」

高価な本が沢山収められている図書室へ出入りが許されるなんて、本当に破格の扱いだ。読書を趣味の一つにしているクローディアは弾《はず》んだ声を出してしまった。

「先生も、本を読むのがお好きなのですか……？」

小さな声でエリノーラが問いかけてくる。真っ赤に染まった耳が可愛い。

「ええ。エリノーラ様もお好きですか？」

「は、はい……まだ難しい本は読めませんが……」

俯きながらモジモジと答える様に、庇護欲がそそられた。きっと男性に愛される女性とは、このような愛らしい生き物を言うのだろう。

我ながら可愛げのない自身を顧みてクローディアは自己嫌悪に陥りそうになったが、気合で振り払った。

「どんな内容がお好きですか？」

「あ、あの、お姫様が出てくる物語などが好きです」

可愛い。思わず抱きしめたくなり、ぐっと堪《こら》える。

あくまでも相手は雇用主の家族だ。しかも出会った初日に暴走するわけにはいかない。

クローディアはにやけそうになる顔を引き締め、殊更重々しく頷いた。

「私も、よく読みましたよ。今度、お勧めの本をお教えします」

「楽しみにしています……！」

内心、エリノーラの愛らしさにメロメロになりながら、クローディアはリズベルトに屋敷内を案内された。

とにかく広くて、一日ではとても覚えきれない。ぐるっと一周回っただけで、結構な疲労感がのしかかった。最近、すっかり運動不足だから尚更かもしれない。

ようやく執事やハウスキーパーへの紹介も終わり、ひとまず割り当てられた自室に帰った時には、すっかり疲れきってしまった。

しかも慣れないものを身に着けているから、余計にくたびれたのだろう。

クローディアは、かけていた分厚い眼鏡を外すと、ホッと息を吐いた。

顔の大半を隠す武骨なレンズに、度は入っていいない。ただひたすら、人相を隠す目的だけで身に着けている。

理由は簡単。

家庭教師に、容姿端麗な者は嫌厭されるからだ。

不細工で、体形の崩れた者であればあるほど、望ましい。

何故なら同じ屋根の下に寝泊まりする手前、家人と間違いがあってはならないためだ。使用人ならば『身分違い』を盾に口を噤《つぐ》ませられる。しかし、家庭教師はそうはいかない。

現実はどうあれ、召使ではなくレディの立場にある以上、簡単には切り捨てられないからだ。

万が一、屋敷の主人や息子のお手付きになったら困る故に、性的な魅力に乏しい方が望ましいのである。

というわけで、クローディアも可能な限り垢抜《あかぬ》けない格好をしてきた。眼鏡もその一環だ。

ちなみにアリステリアも、働く際はそうするつもりであったらしい。

――叔母様はともかく、私には変装する必要もない気がするけれど……

華やかな彼女ならば危険なお誘いもあるだろうが、自分には無縁な話だ。一応は助言に従い地味でダサい格好を心がけたが、無駄な心配だったとクローディアは嘆息した。

黒に近い暗い色味の茶色の髪。深みがあると言えば聞こえがいいが、くすんだ翠《みどり》の瞳。所詮自分など婚約者に捨てられる女。誰から見ても、魅力などあるはずはない。

ずんと沈んだ気分になり、クローディアは眉間を揉《も》んだ。

いくら度が入っていないレンズであっても、普段かけていない眼鏡は負担になる。分厚い硝子《がらす》のせいで見え辛《づら》くなっているのも疲れの原因だ。

眼の奥に痛みを覚え、クローディアは指先に力をこめた。

「これから、この眼鏡に慣れなければならないことだけが、悩みの種ね……」

初日でうんざりしてしまったが、耐えなければならない。

伸びをし、凝《こ》りを解《ほぐ》して、クローディアは気合を入れ直した。この後は、夕食の席で当主であるヘイスティング侯爵を紹介される予定だ。失敗は許されない。

この働き易《やす》そうな職場を逃さないためにも、頑張らねば。

クローディアはパンパンと頰を叩《たた》き、決意も新たにした——その時。

「失礼。レディ、クローディア？」

ノックと同時に扉が開かれていた。

「お兄様！　許しを得ないまま女性の部屋に入るなんて失礼ですよ」

「……っ？」

驚愕《きょうがく》で固まったクローディアの眼に、見たこともないほど美麗な青年が飛びこんできた。その後ろから、そっくりな少女が顔を覗《のぞ》かせる。先ほど別れたばかりの、エリノーラだ。淡い金の髪に、透明感のある水色の瞳。繊細に整った容貌。長い睫毛と高い鼻梁《びりょう》。品の良い耳と唇の形。個別の部位を見れば、本当によく似ている。

だが、エリノーラが少女と女性の狭間《はざま》にある美しさだとすれば、クローディアの部屋にやってきた男性は、ひどく大人の男性的な魅力を放っていた。

一見女性的な容姿なのに、どこにも女々しいところはない。細身ではあっても逞《たくま》しさを感じさせる身体つき。長い手足と均整の取れた体形。そこに乗る顔は、十人いれば全員が振り返るほど、秀麗な美貌を備えていた。

クローディアは思わず見惚《みと》れ、直後に慌てて眼鏡を装着する。

——危ない。素顔、見られていないわよね……？　一瞬だったもの。大丈夫よね？

仮に見られたところで問題はないと思うが、知られないに越したことはない。

十八歳という年齢から考えても、家庭教師として若すぎるので不適格と烙印を押されかねないのだ。少しだけ年齢をサバ読んでいるクローディアは、何ごともなかったように装った。

「どなた様でしょう？」

「ごめんなさい、先生。夕食の席で顔合わせするつもりだったのですが、お兄様がどうしても今お会いするとおっしゃって……」

「お兄様？」

そう言えば、ヘイスティング侯爵家にはエリノーラの上に跡取り息子がいると聞いている。確か今年で二十五歳。だが、あまり屋敷にいないとアリステリアから説明されていた。何でも彼は、結構な遊び人であるとかないとか。特定の恋人は作らず、複数の女性と付き合っているらしい。

ヘイスティング侯爵家にクローディアを送り出す際、叔母は神妙な顔つきで言っていた。

『シリル様には気をつけてね。真面目で身持ちが固い貴女なら大丈夫だと思うけれど、その……手が早い方らしいから』

クローディアの、一番苦手なタイプである。

「ご挨拶が遅れまして。僕はヘイスティング侯爵家のシリルと申します。エリノーラの兄です。この後すぐに出かけるつもりなので、先に挨拶をさせていただこうと思いまして」

にこやかに語る様子は、好青年としか言いようがない。

完璧な笑みで差し出された手を、拒むことができる人間は少ないだろう。ましてや、輝くばかりの美貌なのだ。老若男女、惑わされても不思議ではない。

クローディアも戸惑いながら、操られるように握り返していた。

「クローディア……オルグレンです。本日よりエリノーラ様の家庭教師として参りました」

「よろしく願いします。妹は内気で人見知りなところがありますが、先生には早くも心を開いているようです」

がっしりと手を握られ、大いに戸惑った。

クローディアは元婚約者のケイシーとさえ、まともに触れ合ったことがないのだ。この程度の接触であっても、青天《せいてん》の霹靂《へきれき》である。

しかし世間的には常識と己に言い聞かせ、冷静に振る舞う。

「こ、こちらこそ」

「お兄様ったら……またお出かけになるの？　まだお戻りになったばかりじゃない」

シリルの背後に立つエリノーラが、不満げに口を尖《とが》らせた。抗議の印なのか控えめに彼の服の裾を抓《つま》んでいる。

どうやら彼女は兄が大好きらしい。

「ごめんよ、エリノーラ。どうしても断れないお誘いなんだ」

片膝をついたシリルは、妹と同じ眼の高さになり、彼女の頭を撫でる。その仕草には愛情が溢れていた。

よく似た兄妹が仲睦《むつ》まじい様に、クローディアは微笑ましい気持ちになる。まるで清廉な絵画を鑑賞している気分だ。

先ほどの動揺は忘れ、叔母から聞いていたシリルの悪評は誇張されたものだったのだと理解した。妹に対してこんなに優しく真摯に接する兄が、女性をとっかえひっかえする遊び人であるはずがない。

きっと自分と同じように、心ない噂だけが面白おかしく広まってしまったのだ……と同情した瞬間、クローディアはあることに気がついてしまった。

彼の首筋に残された、赤い痕。

いくら奥手で経験が乏しいクローディアにも、虫刺されではないことくらい想像がつく。立っていれば襟に隠されて見えなかったかもしれないが、シリルが膝をついたことで上から覗きこむ形になり、眼に入ってしまった。

「……っ」

前言撤回。彼は危険人物だ。少なくとも、クローディアにとって進んで関わり合いたい人間ではない。

——いったい今までどこに出かけていたの……っ？　そしてこれからどこへ行くつもり？　私には関係ないけれど、そう言えば微《かす》かに香水や白粉《おしろい》の香りがするわ。まさか一日の間に別の女性のもとへ通う気……？　その合間に無垢で純真なエリノーラ様に会いに来たの？　信じられない！　不潔だわ！

無意識のうちに、一歩後退《あとずさ》っていた。

元婚約者から受けた仕打ちがよみがえり、胸の奥がジクジクと痛む。

結局は男なんて、と出会ったばかりのシリルを恨みがましく睨《にら》んでしまう。分厚い眼鏡をかけていて良かった。彼からは、今クローディアがどんな表情をしているか分からないだろう。

「エリノーラが眠るまでには帰ってくるよ。それよりもお土産を買ってきた。君の部屋に置いてあるから、見てきてごらん」

「物なんていらないから、お兄様と一緒にいたいのに……」

「ごめんね、愛《いと》しいエリノーラ。来週の週末は一日共に過ごせるから、許しておくれ」

「本当？　でしたら、今日は特別に許してあげる」

パッと大輪の花が咲くような笑みを浮かべた彼女は、シリルの頬にキスをした。彼もお返しに滑らかな妹の頬に唇を寄せる。

麗しい兄妹の姿――シリルの首筋にくっきりとした情事の名残さえなければ、だが。

「クローディア先生、ではまた後程」

「え、ええ」

きちんと礼をしたエリノーラは、弾む足取りで踵《きびす》を返した。シリルのお土産を開封しに行くのだろう。その後ろ姿は、とても楽しそうだった。

「――あの、では私も荷解《にほど》きなどいたしますので……」

やんわりと、部屋から出て行ってくれとクローディアはシリルに告げた。どうしてまだ留《とど》まっているのかと、立ちあがった彼を胡乱《うろん》な瞳で見あげてしまう。

挨拶は済んだし、もう用はないはずだ。

「つれないな。まるで追い払われているみたいだ」

「滅相もありません」

正解だ。どうやら言外の意味を汲《く》み取れないほど頭は悪くないらしい。シリルへの評価が地に墜ちているクローディアは、作り笑いで取り繕った。

「そのように誤解させてしまったのでしたら、申し訳ありません。どちらかにお出かけになるご様子でしたが、お時間は大丈夫ですか？」

一刻も早く、立ち去ってほしい。

クローディアは、自分の容姿に自信を持っている異性が苦手なのだ。昔からその傾向があったが、婚約破棄の一件で余計に悪化したのかもしれない。

扉が開いているとは言え、眼も眩むほどの容貌を備えたシリルと二人きりで同じ部屋にいる状況が息苦しかった。その上何だか、眼力が凄《すご》い。

アクアマリンのような透き通った瞳で、彼がじっとこちらを見つめているのが分かる。クローディアがかけている眼鏡の分厚い硝子越しでさえ、視線が突き刺さってくる心地がした。

「——気にしてくださって、ありがとうございます。レディ・クローディアは思ったよりも随分若くていらっしゃるのですね。紹介状には二十三歳とありましたが」

——顔を見られた……っ？

ひゅ……っ、と背筋が冷たくなった。

先ほどまでの強気な攻撃性はどこへやら。蛇に睨まれた蛙《かえる》のように、クローディアは身を竦ませた。

「わ、私とても童顔ですの。よく子供っぽいと言われるんです」

「子供っぽいと言うのとは、違いますね。まだ、若葉か硬い芽のまま綻んでいないだけでしょう」

シリルの女性慣れした言い回しに、尚更クローディアの背筋がむず痒《がゆ》くなった。ゾクゾクと震えが走る。

元婚約者であるケイシーも甘い台詞を囁いてくれたけれど、ここまで色気がだだ漏れではなかったように思う。少なくとも、恋愛初心者のクローディアが『素敵』と喜べる範疇《はんちゅう》にあった。

だがこれは違う。

シリルの言葉や声には謎の破壊力がある。醸し出す雰囲気も百戦錬磨のただならぬものが宿っており、手に負えないとクローディアを尻込みさせるのには充分だった。

「私、今日中に明日の準備などをしなければなりませんので……！」

「何を慌てているのですか？　もしかして、僕を警戒している？」

「違……っ」

ずいっと一歩距離を詰められ、クローディアは飛び上がるかと思った。掻《か》き集《あつ》めた矜持《きょうじ》でどうにか堪えたけれど、心臓は破れそうなほど暴れ狂っている。

いつもならあまり顔色が変わらないクローディアだが、この時ばかりは耳が熱を持っているのが分かった。

これ以上近づかれてなるものかと、後ろに下がる。すると、当然のように彼も一歩前へ踏み出してきた。しかも歩幅の差から、余計に距離は縮まった気がする。その上、自ら部屋の奥へと誘いこんでしまう形になった。

「……っ、あの」

近い。

若い男女には不適切な距離だ。

ブワリと全身に汗が浮く。もしもクローディアが猫だったら、きっと毛を逆立てているだろう。尻尾だって最大限に膨らんでいるはずだ。

「ふふ……取って喰おうというわけではありませんよ。レディ・クローディアは初心《うぶ》でいらっしゃる」

「……！」

からかわれたのだ。

肩を揺らして笑うシリルは、心底楽しそうに口元を押さえた。どうやら彼は、いかにも男性経験が乏しい垢抜けない女をおちょくっただけらしい。

屈辱感がクローディアの身を焦がす。

——最低……！　確かに私は初心だけれども、こんな馬鹿にした扱いを受けるいわれはないわ……！

「……とても紳士がなさることではありませんね。私はシリル様の玩具《おもちゃ》でも取り巻きでもありません」

ひどく冷えた声が、クローディアの口から漏れてしまった。

まずいと思ったが、もう遅い。

仮にも雇用主家族、しかも侯爵家嫡男に辛辣な口をきくなんて、下手をしたら即クビになりかねない。

しかし、ごまかさねばと焦る気持ちとは裏腹に『私は間違ったことを言っていない』という気の強さがクローディアの中で拮抗《きっこう》していた。

正しい抗議をしただけであると声高に主張する自分自身が、謝罪を拒み毅然《きぜん》と背筋を伸ばせと指令を下す。

迷った末、クローディアは背が高いシリルを下から睨み上げる状態になっていた。

「意外に、物怖《ものお》じしない方なんですね。もっとオドオドした女性かと思いました」

「ご期待に添えなくて申し訳ありません。誰もが、貴方の魅力の虜《とりこ》になるわけではないと思います」

——私の馬鹿っ！　どうして黙っていられないの？　これ以上刺激して怒らせたらどうするのよ……！

内心の焦りとは真逆の言葉を吐く口が恨めしい。負けん気を発揮しなくても良いのに、何故こうも自分は頑固なのか。

どうしても『正しいか正しくないか』が価値基準になってしまう。可愛げがないとケイシーに罵られて尚、直せない悪癖だ。

「それは、僕を魅力的だと褒めてくれているのかな？」

しかし憤慨した様子はなく、シリルは自身の胸に手を当て軽く首を傾げた。

たったそれだけの仕草が、非常に様になる。容姿に恵まれた人は、どんな立ち居振る舞いも優れて見えるらしい。

「随分前向きでいらっしゃるのですね……」

呆《あき》れが滲んでしまった声に、もはや棘《とげ》はない。クローディアはポカンと口を開けてしまった。気勢を削がれ、まじまじと彼を見つめる。

「悲観的に沈んでいても、何も良いことはありませんからね。誰だって暗く後ろ向きな人間よりも、いつも笑顔で楽しそうな人と付き合いたいでしょう？」

そう言われて、クローディアはハッとした。

全くもってシリルの言う通りだと思ったからだ。

自分だってツンと取り澄ました人よりも、朗らかな人と過ごしたい。こちらの顔色を窺って怖々接してくる両親より、多少強引でも明るく踏みこんできてくれた叔母と話している方が楽だった。

ケイシーも、同じだったのではないだろうか。

正論ばかり吐くお堅いクローディアより、何でも肯定してくれ柔らかに微笑むヘレナを選んだのは、自然の流れだったのかもしれない。

今まで自分ばかりが可哀想な被害者だと信じていたが、反省すべき点はあったのではと思い至った。キリキリと胸が痛い。

しかしだからと言って、ケイシーの行為を許すことはできない。それとこれは話が別だ。

「お話、ごもっともですけれど、答えになっていません。私をからかって遊ぶのはおやめください」

するりと横に逃げ、クローディアは開いたままの扉を指し示した。

「約束のお時間に遅れてしまいますよ？　時間を守れない方は他者に侮《あなど》られますし、信用を失います」

「君の言う通りだ」

今度はあっさり頷いて、彼は部屋の外に向かって歩き出した。背中を向けたシリルに、クローディアはそっと安堵の息を吐く。

彼が出て行ったら、即鍵をかけよう。

しばらく一人になって、乱れてしまった気持ちを落ち着けなければ。

だが、シリルは廊下に出た瞬間、こちらを振り返った。

「お邪魔して済まなかった、レディ。これからは同じ屋根の下で暮らすのだから、どんな人となりの女性か知っておきたかったのです。君は色々予想外の反応を示すから、つい面白くなってしまいました。気分を害してしまったのなら、謝るよ」

妙に砕けた語尾に、クローディアの警戒心が再び擡《もた》げる。彼の細められた目尻に色香を感じてしまい、腰が引けた。

しかし一瞬早く、シリルに右手を取られていた。

「これから、どうぞよろしく」

「……っ？　……っ！」

クローディアの手の甲に、柔らかなものが押し当てられた。キスされたのだと、視覚からの情報が伝えてくる。ただの挨拶に過ぎないのに心臓が壊れるかと思ったのは、口づけの後彼の舌先が肌を掠《かす》めたからだ。

ボンッと頭の中で破裂音が響いた。

もしかしたら、実際に脳が弾《はじ》けたかもしれない。

呼吸も忘れ、未だ捕らわれたままの自分の手を凝視する。

舐《な》められた。男性に。手を。恋人でもないのに。いや、そもそも親密な関係であっても、昼日中にする行為ではない。

混乱する思考の中で、クローディアはブルブルと震え出した。

「な……な……な……」

「可愛いな、レディ・クローディア。いや、これからは先生とお呼びするべきかな。それとも、

「愛称で呼んでもいい?」

「ででで、出て行ってください!」

クローディアは無我夢中で握られていた手を振り払い、ドアノブに縋りついた。そのまま強引に扉を閉める直前、廊下側からシリルの楽しげな声がかかる。

「ああ、それから眼鏡はかけない方が愛らしいよ。せっかく素敵な瞳をしているのに」

「貴方に関係ありません！」

クローディアは勢いよく扉を閉め、律儀に「眼が悪いからです！」とも付け加えた。嘘だが。

本当は、視力は良い。眼鏡など必要ないし、むしろ邪魔で疲れる。

だが、もう絶対人前では外さないと心に誓った。少なくともこの屋敷にいる間は、細心の注意を払わねばならない。

彼の笑い声が遠ざかってゆく。次第に小さくなる声を聞きながら、クローディアは扉に背中をつけたままズルズルと座りこんだ。

最悪だ。

給金も待遇も申し分なく、働き易そうな職場で心機一転やり直そうと決めたのに、まさかこんな罠が控えていたとは思わなかった。

よりにもよってクローディアにとって一番嫌いな軽い男性が傍にいるなんて、神様はどこま

で残酷なのだろう。試練にしても、酷すぎる。

「で、でも関わらなければ良いのよね。叔母様だってほとんどシリル様はあまり屋敷にいないと言っていたじゃない。それに、エリノーラ様も、やっと帰ってきたということを口にしていたし！」

誰に言うでもなく、わざと声を張り上げたのは、ひとえに自分自身を納得させたいからだった。

口に出してみれば、大した問題ではない気がしてくる。避けようと思えば、可能なことだ。クローディアと彼には特に接点がない。家庭教師の職場は子供部屋。エリノーラと向き合っていれば、事足りる。

業務以外の時間は自室に籠っていればいい。

こんなに広いお屋敷なのだから、顔を合わせず暮らすのは容易に思えた。

「……大丈夫。全ては順調よ……順調」

呪文のように繰り返し、自らに言い聞かせる。そんなことをしている時点で危ういのだが、クローディアはしゃがみこんだままいつまでも頭を抱えていた。

波乱含みの門出ではあったが、クローディアの家庭教師生活は円滑に始まった。

初日、外出先から戻ったヘイスティング侯爵に挨拶をし、温かく迎え入れられたのだ。

エリノーラの父である彼は、非常に威厳溢れる立派な紳士だった。クローディアを使用人として見下すこともしない。あくまでもレディとして、そして娘の教師として敬意を払ってくれる、尊敬に価する人物だった。

とても軽薄なシリルの父親だとは信じられない。

侯爵は妻であるリズベルト夫人一筋のようで、夫婦仲は円満。

エリノーラを間に挟み三人で笑い合う姿は、正に理想の家族であった。

――何故この素晴らしいお二人から、あんな息子が生まれてしまったのかしら……いえ、外見はとてもよく似ていらっしゃるけど。それも両親の良いところ取りといった感じだけれども！

釈然としない。

とりあえず、あの日以来シリルとは会わずに済んでいることが、クローディアにとって救いだ。彼はほとんど屋敷を留守にしているし、帰ってきても夜遅いことが多い。

だから、油断していたのかもしれない。

今日もクローディアはエリノーラの部屋で勉強を教えていた。本日の科目はフランス語。

呑みこみの良い彼女は、教える端から吸収してゆく。

「先生の教え方が良いから、とても楽しいです！」

可愛い。白い肌を興奮に赤く染め、満面の笑みを浮かべる様は、まるで天使だ。

クローディアは口元を綻ばせながらエリノーラを褒《ほ》め称《たた》えた。

「学ぶことに熱心で、エリノーラ様は本当に優秀な生徒ですね。私も教えることが楽しいです」

この一週間と少しで、すっかり彼女はクローディアに懐《なつ》いてくれた。身体が弱いので無理はできないが、懸命に努力していることは充分伝わってくる。

学ぶ喜びに満《み》ち溢《あふ》れた美少女は、キラキラと光り輝くようだった。

「私、ずっとお姉様が欲しかったのです……兄は優しくて尊敬していますけれど、年が十五も離れているので、他愛《たあい》無《な》いお喋りなどはしたことがありません……私が病弱だから過保護になりがちですし、兄妹と言うよりももう一人のお父様という感じです」

「あら……」

流石に二十五の若さで父親扱いは可哀想だと思ったが、クローディアは口に出さず頷いた。

父と叔母の関係も似たようなものだと思ったからだ。

兄と言う生き物は、年の離れた妹に過干渉になるものらしい。

「でも、クローディア先生とはとても仲良くなれそうです。どうしてかしら……お兄様とあまりご年齢は変わらないはずなのに」

「ど、同性だからではありませんか？」

本当は二十三歳ではなく十八歳だからとは言えず、クローディアは引き攣る頬を無理やり微笑ませる。

幸いエリノーラは気がつかなかったらしく、甘えるようにクローディアの腕に抱きついてきた。

「お姉様ができたみたいで、私嬉しいです」

「もったいないお言葉です。私こそエリノーラ様みたいな可愛らしい方が妹であったら、嬉しくて仕方ありません」

撫でまわしたい衝動をクローディアが堪えていると、突然扉がノックされた。

「そうでしょう？　エリノーラは世界一可愛らしいのです」

「お兄様！」

入室を許可した覚えはないが、開かれた扉の向こうにクローディアの天敵――もとい、シリルが立っていた。

先日と違い、今日の装いはシャツとトラウザーズだけ。砕けた服装は休日だからなのか、ボタンが外された胸元から覗く鎖骨が艶《なま》めかしい。

髪が下ろされているせいか、随分印象が違った。

「本日はお休みなのね？　どこにもお出かけにならないの？」

「ああ。約束通り、今日は一日君と過ごすつもりだ」

「本当？　嬉しい！」

椅子から立ち上がったエリノーラが彼に抱きつく。全身で喜びを表現し、はたとクローディアを振り返った。

「あ……でも私、お勉強が……」

「知っている。本日の予定は午前中のフランス語だけだったね。終わったら遊びに行こう。それまで僕も一緒に授業を受けてもいいかな？」

「お兄様も？　素敵！」

「えっ」

眼を剥《む》くクローディアとは対照的に、エリノーラははしゃいだ声を上げた。そして勉強机の隣に一人掛けのソファを移動させ、そこに座るようシリルを促した。

「お兄様はここ。うふふ。こんなの初めて！」

真ん中に彼女を挟み、両脇にクローディアと彼が陣取る状態になる。

非常に落ち着かない。頭一つ分小さいエリノーラの頭上で、どうしてもシリルと眼が合ってしまうからだ。

「よろしく、クローディア」

レディでも先生でもない呼称に顔が引き攣る。だが、エリノーラの前で不毛な言い争いなどできない。

クローディアは策士の術中に嵌《は》まった心地で、奥歯を噛み締めた。

「よ、よろしくお願いします……シリル様」

「大好きなお二人が仲良くなられて、私嬉しいです」

無邪気に言う彼女に罪はない。しかし、恨めしく思うことは許してほしい。

エリノーラにはぶつけられない苛立ちを眼差しに込め、クローディアは横目で彼を睨みつけた。もっとも、本気で悪意をぶつけるわけにもいかないから、あくまでもこっそりとだ。

その証拠に、シリルが視線に気がついた瞬間、慌てて顔を逸《そ》らした。不自然である。

「……ふ、くくっ……」

「お兄様、何を笑っていらっしゃるのですか？」

「いや、まるで懐かない猫みたいだと思って」

「猫？　どこかに猫ちゃんがいるのですか？」

素直なエリノーラがキョロキョロと左右を見回す。

「授業が終わったら、サンドイッチを持って丘に行こう。運が良ければ猫もいるかもしれない」

「本当ですか？　でしたら私、もう少し足を伸ばして湖まで行きたいです」

興奮した面持ちで強請《ねだ》る妹に、兄はとても柔らかな笑みをこぼした。エリノーラの小さな頭を撫でてやり、親愛のキスを滑らかな頬に落とす。

「湖は結構遠いよ。お姫様に歩けるのかな？」

「大丈夫です。私、とても元気になったのですよ。特にクローディア先生がいらしてから、毎日が充実しているの。身体を動かしたくて堪らないわ」

「分かった。ただし途中で体調が悪くなったら、すぐに引き返すよ」

「ありがとう、お兄様！」

約束を取りつけたエリノーラは、俄然張り切って勉強を始めた。元来熱心な生徒だが、今日はシリルにいいところを見せたいのか尚更気合が入っている。

そんな二人の遣り取りを、クローディアは複雑な気持ちで見守っていた。

妹と接する彼は、理想的な紳士だ。

クローディアをからかった時のような失礼で軽薄な真似《まね》は微塵も見せない。まるで別人。顔つきまで違う。

愛情深く接し、頼《たよ》り甲斐《がい》のある尊敬できる兄という風情だった。

更にはフランス語の発音も完璧。

間違いなく、クローディアよりも流暢《りゅうちょう》で堪能だ。悔しい。にも拘《かかわ》らず、教師としてきちんとこちらを立ててくれている。

そんなそつのないところに居心地の悪さを感じてしまう自分は、歪んでいるのだろうか。ケイシーが言ったように、冷たい人間なのかもしれない。

クローディアはこっそりと溜め息を吐いた。

「――先生、今日も楽しい授業をありがとうございました！」

エリノーラの声に、ハッとする。

一瞬、過去の思考に囚《とら》われ、クローディアは今自分が何をしていたのか忘れていた。

「あ、ええ……今日もよく頑張りましたね」

危ない。もう終了の時間だ。結構長い時間、ぼんやりしていたらしい。

ノートを見れば色々な書き込みがしてあったから、表向き授業はできていたようで安堵する。

「分かりやすくて丁寧な教え方だね」

「ありがとうございます……」

明らかに自分よりも優秀な人に褒められても、素直に受け取る気にはなれない。

我ながら面倒臭い性分だと理解しているが、クローディアにはどうしようもなかった。

とにかくシリルと同じ空間にいる時間が終わったことに感謝して、手早く勉強道具を片づける。一刻も早く退室したい。

いつもなら、この後エリノーラとお茶を楽しむのだが、今日はなしだろう。

湖に行く計画を立てていた彼らのために、部外者である自分は立ち去らねば。

「え？　クローディア先生は一緒に行ってくださらないのですか？」

「えっ」

天使にウルウルとした瞳で見あげられて、断ることができる人間がいるのなら、是非お眼にかかりたい。

全くもって欠片《かけら》ほどにも同行する意思はなかったクローディアだが、嫌だなんて言えるはずもなかった。

結局、『ご迷惑でしたか……？』という悲しげな呟《つぶや》きに負け、共に行くことが決まる。

「嬉しい！　今日は何て素晴らしい日なのかしら」

「では、エリノーラ。歩きやすい靴と服に着替えておいで。クローディアも履き慣れた靴に変えることをお勧めするよ。僕は厨房《ちゆうぼう》に行って、持って行く食べ物を用意してもらってくる」

使用人とウキウキしながら服装を選ぶエリノーラとは真逆に、クローディアはどんよりした空気を背負って廊下に出た。

後ろで妹の部屋の扉を閉めたシリルが、先ほどまでとはガラリと声音を変える。

「不本意そうだなぁ」

「……私が一緒に出かける理由はないと思いますが……」

「エリノーラが望んでいる。それだけで充分な理由だ」

ぐうの音も出ない。

所詮は雇われの身。雇用主側の要望に逆らえるわけもない。

クローディアは深呼吸して覚悟を決めた。気分は厳しい戦地に赴《おもむ》く兵士だ。

「そんなに肩肘を張らなくても……僕のような男が嫌い？」

「嫌い――ではなく、苦手です。馬鹿にされている心地がしますから」

「馬鹿にしているつもりはないのだけれどね」

含み笑いと共に言われて、信じられるはずはない。ますます不信感が募り、クローディアは唇を尖らせた。

「……からかわれるのは、嫌です」

「それは申し訳ない。君の反応が可愛いから、ついちょっかいをかけたくなってしまう」

言われ慣れていない言葉に、びっくりしてしまった。

知的だとか落ち着いていると称賛されたことはあるけれど、クローディアには無縁な褒め言葉だと思っていたからだ。

自分でも可愛げがないことは分かっている。ケイシーにも言われた。

だから激しく動揺して、視線をさまよわせた。

——こんなことをサラッと口にするなんて、やっぱり遊び人なのだわ。危険！　気をつけなくては。

眉目秀麗、家柄も申し分ないシリルはモテるに決まっているから、クローディアなど眼中にないことは想像できる。精々、毛色の違う女が珍しいだけだろう。

本気で可愛いと褒められていると思うほど、おめでたくはない。

騙されてなるものかと、クローディアは心の鎧《よろい》を強固にした。

「……着替えてきます」

いくら嫌でも約束は約束。

破るなど、クローディアの常識の中にはない。一度頷いたからには、三人で仲良くお出かけするという任務を完璧にこなす所存だ。

向けた背中に彼の声がかけられる。

「妹の願いを叶えてくれて、ありがとう」

――狡《ずる》い。

モヤモヤする原因が分からないまま、クローディアは足早に自室へ逃げ帰った。


高く晴れ渡った青空の下、三人揃って屋敷を出発した。

踵《かかと》の低い編み上げ靴に履き替えたクローディアは、陽光の眩しさに眼を細める。

――そう言えば、こうして外に遊びに行くなんて、随分久し振りだわ……

もともと外出より家にいる方が好きなので、用事がなければ出歩くこともなかった。ケイシーと交際中も、外でデートをしたのは数回。

思い出をなぞりそうになったクローディアは、慌てて頭を振って回想を追い払った。

「あ、あの、荷物を持ちます」

「女性に荷物を持たせるほど、非力じゃないよ。クローディアにはエリノーラを任せる」

軽食や菓子、飲み物と敷布が入ったバスケットはかなり重そうだ。シリルは軽々と持ち上げていたが、彼一人に負担がいくのは気が引けて、クローディアは荷物の分担を申し出た。

「でも……」

「では帰りは半分持ってもらおうかな」

帰り道は荷物の中身が減っている分、軽くなっているだろう。

クローディアの言葉を無下に断らず、さりげなく気を遣ってくれているのが分かる——それだけに余計戸惑った。

「クローディア先生、お兄様はとても力持ちなの。いつも私を抱き上げてくれるのよ」

「最近のエリノーラは大きくなったから、流石に厳しいかもしれないなぁ」

「え……私太った……？」

「違うよ。健康的になったという意味だ。それに、大人の女性に近づきつつある。では、僕のお姫様。行きましょうか」

じゃれ合う兄妹を後ろから見守り、クローディアは歩き出した。

自分にも兄が一人いるが、ここまで仲良くはないし溺愛もされていない。少しだけ、羨ましい。

そんな感想を抱いたことに驚きつつ、歩を進める。

ヘイスティング侯爵邸の裏に広がる森を抜けると、小高い丘に辿《たど》り着いた。途中の道は手入れが行き届いており、子供の足でも問題なく歩いてこられる。

猟場番人が念入りに見回っているから、安全なのだと道中説明された。

「でも、決して一人で来ようとは思わないように」

釘《くぎ》を刺すことを忘れない様子は、優しい兄そのものだ。

うっすら額に汗をかいたエリノーラは、勿論だと頷いた。

「お兄様たちに、心配をかける真似はしないわ」

「息が上がっているね、エリノーラ。やっぱり今日はここで食事をしたら、引き返そうか」

「嫌！」

いつもなら聞き分けの良い彼女が、頑《かたく》なに湖まで行きたいと繰り返した。

クローディアが家庭教師として赴任してくるまで、病弱だったエリノーラはあまり外に出る機会もなかったそうだ。だからこそ散歩の延長であっても、心弾む特別な出来事なのだろう。

気持ちが分かるだけに、強引に連れ帰るのも可哀想に思えてしまった。

「あの……もう少しだけゆっくり歩けば大丈夫ではないでしょうか。どうしても駄目なら、途中で引き返すとか……何でしたら、私がエリノーラ様をおぶります」

「クローディアが？　いや、その細腕では無理だ」

「でもまだ余力があるのに諦めるのは、エリノーラ様にとっても良いことではないと思います。一生懸命やって届かないのであれば、意味がありますけど……」

家族として病弱な妹の身体を心配する気持ちは痛いほど理解できる。しかし、本人にやる気があるのなら機会は与えてあげてほしい。

たどたどしくクローディアが説得すると、シリルはしばし考えこんだ。

「お願い、お兄様。無理はしないと約束しますから。あと少しだけ」

すかさずエリノーラが懇願し、彼の眉間に皺が寄る。

「……仕方ないな。でもこれ以上息が上がるようなら、今日はお終《しま》いだよ」

「……はい！　ありがとうございます。お兄様、クローディア先生！」

「私は何も……」

頼りない助言をしただけだ。

「いいえ。お兄様は一度駄目だと言ったら、滅多《めった》なことでは意見を変えてくれないのです。特に私の我《わ》が儘《まま》に関しては厳しいの。だから先生はすごいわ」

エリノーラからキラキラと称賛の眼差しで見あげられ、こそばゆい。

シリルが一介の家庭教師の意見を聞いてくれるとは思わなかったので、その点も何とも言えないむず痒さがあった。

——生意気なことを言ってしまったかしら。でも怒っている様子はないわよね……？

弱気な気分で彼を盗み見る。すると絶妙なタイミングでシリルが振り返った。

「……！」

「疲れた？」

「え、いえ。私は大丈夫です」

　やや大げさに頭を振る。どうして見ていたことに気づかれたのだ。さては後頭部に眼でもついているのかと戦慄が走った。

「クローディアは色が白いし、見るからに運動が得意ではなさそうだ。もしかしたらエリノーラ以上にくたびれているのかと思った」

「え、クローディア先生、私がお願いしたから無理をしているのですか？」

「ち、違いますエリノーラ様。これくらい、何でもありませんよ」

　驚いた。彼が妹だけでなく、こちらの身体まで気遣ってくれていたとは想定外だ。考えていた以上に彼の親切な一面を垣間見て、何故か胸が締めつけられた。

　――女性にだらしない方だとしても、性格そのものが歪んでいるわけではないものね……私は苦手なタイプだけれど、エリノーラ様への心配りは本物だし。悪く捉えすぎていたのかもしれない。反省しなくちゃ。

「疲れたら、いつでも言ってくれ。何だったら、僕が君をおぶってあげるよ」

「結構です！」

前言撤回。やっぱり彼は危険人物だ！

眦《まなじり》を吊り上げたクローディアを見て、シリルは肩を揺らして笑い出した。目尻に涙を浮かべ、おかしくて堪らないと身をよじっている。

「お兄様、なにがそんなに面白いの？」

「ふふふ……エリノーラがもっと大人になったら、教えてあげる」

「狡《ずる》いわ。大人はみんなすぐにそう言うのよ」

ぷくっと頬を膨らませた彼女だけが、今のクローディアの救いだ。怒りと羞恥で掻《か》き乱《みだ》される心を、愛らしいエリノーラを見つめることで解消する。

笑い続ける彼の声は意識的に耳から締め出して、深呼吸することで気持ちを落ち着けた。

いつだって冷静沈着。感情の起伏が乏しいと家族にさえ言われてきたクローディアなのに、ヘイスティング侯爵家に来て以来調子が狂いっ放しだ。

いや、正確にはシリルと出会ってから。

何気ない言動に翻弄されて、主導権を奪われたまま、みっともなく一人でオロオロしている。

——悔しい……！　まるで掌の上で転がされているみたい。

これが経験値の差なのか。

爛《ただ》れた異性交遊など興味はないけれど、負けるのは嫌いだ。人付き合いの能力を高めるためには、多少の経験が必要なのかもしれない。

クローディアは自分に足りないものを突きつけられた気分で、下唇を噛み締めた。

「見て、クローディア先生！　湖に到着したわ！」

エリノーラの明るい声に顔をあげれば、クローディアの眼前に煌《きら》めく湖面が揺れていた。

生い茂る緑の中にぽっかりと開けた場所がある。樹々《きぎ》の間から光が差しこみ、そよ風が葉擦れの音を奏でる。

小鳥の声があちこちから聞こえ、清浄な空気に乗って花の香りも漂ってきた。

「……綺麗……」

「でしょう？　私もずっと昔に一度来たことがあるだけだったのですが……あの時は抱いてもらっていたの。やっと自分の足で来られたのね……何だか、以前よりももっと素晴らしく見えるわ」

感慨深く、エリノーラが呟く。

そんな妹の様子を、シリルが温かく見守っていた。

「君が達成感を味わうことができて良かった。引き返さなくて正解だったね。――ありがとう、クローディア。君の言う通りだったよ」

「え、そんな大袈裟な……」

彼のからかう口調ではない真面目な調子に、クローディアの耳が熱を持った。

不思議と、胸が騒《ざわ》めく。だが、嫌ではない。

「僕一人だったら、どうしても過保護に扱ってしまう。エリノーラのためと言いながら、自分の不安を優先してしまうんだ。だから、今日はクローディアがいてくれて助かった」

「やめてください……恥ずかしい」

今や耳朶《じだ》どころか頬まで赤くなっている実感がある。眼鏡があって本当に良かった。これが顔を隠してくれていなかったら、きっともっと照れてしまったかもしれない。

「本心では言葉を尽くして君にお礼を伝えたいけれど、これ以上言うと逆に怒らせてしまいそうだな」

真っ赤になって俯くクローディアの頭に何かが載せられた。

数度ポンポンと重みが加わり、やがて離れてゆく。

「……？」

頭を撫でられたのだと気がつくのには、時間がかかった。これまでクローディアは、父にも兄にもそんなことをされた経験がなかったからだ。

分かった瞬間、全身が熱を持つ。

――こ、子供扱い……っ？　レディに許可なく触るなんて……！　しかも手の甲などではなく、頭に触れられた……！

　ぶわっと肌が粟立《あわだ》った。しかし至って気にした様子のないシリルは、何ごともなかったかのように荷物を下ろす。

「さて、お姫様。遅い昼食にしましょうか。手伝ってくれるかな？」

「任せて、お兄様！」

　エリノーラは張り切って敷布を広げた。四隅に荷物を置いて固定し、バスケットから食べ物を取り出してゆく。

「ローストビーフのサンドイッチがあるわ。私の大好物よ」

「エリノーラのために準備させたのだから、君の好きなものを用意するのは当たり前じゃないか」

「ありがとうございます。お兄様、大好き」

　シリルが手際よく皿やおしぼりなども配ってゆくので、クローディアには出番がない。

　何か手伝わねばと思うのに、兄妹の間に入ってゆくのは躊躇われた。

「おっと、クローディアはグラスにこの果汁を注いでくれるかな」

　そんな疎外感を察したのか、彼は自然に輪の中へ引きこんでくれた。本当に気が利く男性なのだ。周りをよく見てもいる。

こういった点は尊敬できるので、クローディアは素直に従った。

「はい。葡萄《ぶどう》ですか？」

「ああ。エリノーラも飲むから、アルコールは入っていない。ミルクもあるよ」

バスケットの中身を全て出して並べると、相当な量になった。絶対に重かったはずだ。

改めて、絶対に帰りは自分が持とうとクローディアは心に誓う。

「美味しそう……！」

普段、屋敷で供される食事の方が豪勢だが、エリノーラの言う通りどれもこれもとても美味しそうだ。

外で食べるからだろうか。もしくは、適度に身体を動かしたからなのか。どちらにしても、クローディアは空腹を刺激された。

「さ、クローディアも食べて」

「あ、ありがとうございます」

渡された布巾で手を拭い、サンドイッチを口に運ぶ。

屋外で大口を開けて食べるなんて、初めての経験だった。何だか悪いことをしているような非日常感が、余計にクローディアを高揚させる。

食事とは、テーブルについてカトラリーを使い、お上品にこなすものだと信じていた。そうあるべき、でなければいけないと思いこんでいたのだ。

しかし手づかみで咀嚼《そしやく》したサンドイッチは、これまで食べたことがないほど美味しかった。

単純にヘイスティング侯爵家のシェフの腕前が素晴らしいせいもある。ローストビーフはしっとりとして、肉のうまみが凝縮されているし、毎朝焼かれるパンは極上。挟まれた野菜は今朝領地で採れたばかりの新鮮なものだ。不味《まず》いはずがない。

けれども、理屈以上に感動的な味だった。

葡萄の果汁も甘くて美味しい。チーズがよく合う。

思わず次々と口に運んでしまった。

「とても美味しいですね、先生！」

「食欲があるのはいいことだけど、はしゃいで食べすぎては駄目だよ、エリノーラ」

「もうっ、お兄様ったら嫌なことを言わないでください」

授業の後、お茶の時間では『夕食が入らなくなってしまう』という理由で菓子もほとんど手をつけない彼女が今日は旺盛な食欲を見せていた。

朱に染まった頬は健康的で、病弱さの片鱗もない。

楽しくて仕方ないのだと全身で訴えている様は、眼にするこちらも嬉しい気分にしてくれる。

「あ、エリノーラ様。口の端にソースがついていますよ」

クローディアは何気なく、彼女の唇を拭ってやった。するとエリノーラは水色の瞳を大きく見開く。

「私ったら……出過ぎた真似でしたね、申し訳ありません」

つい、馴《な》れ馴《な》れしくしてしまったかもしれない。

クローディアは慌てて彼女から手を離した。

「違います。その……もし私にお姉様がいたら、こんな感じかなと思ってしまって……」

もじもじと恥ずかしそうにはにかむエリノーラは、問答無用に可愛らしかった。もしもここにシリルがいなかったら、思い切り抱き締めてキスをしていたところだ。

「僕だって、君の口くらいいつでも拭いてあげるよ」

「男性は、細かいところに眼が届きにくいのですよ。実際、今お兄様は気にされていなかったでしょう?」

「む……」

妹の反論に、彼は口を噤んだ。

「……いつの間にか大人びたことを言うようになったな……」

こっそりと呟く姿がおかしくて、クローディアは笑ってしまった。

いつも自信に満ち溢れ、飄々《ひょうひょう》としているシリルでも、愛しいエリノーラには弱いらしい。しかもどうやらクローディアに対抗心を燃やしている。何だか可愛く見えてしまった。

必死に笑いを噛《か》み殺《ころ》していると、こちらに注がれた彼の視線に気がつく。

「な、何でしょう」

「いや……笑うと一層幼く見えると思って。とても魅力的だから、もっと笑っていればいいのに」

「そ、そういうことを軽々しく口にするのはやめてください。……慣れていませんから」

元婚約者が囁いてくれた種類の言葉とは、何か違う。

ケイシーの甘い台詞は、こんな風にクローディアの気持ちを掻き乱しはしなかった。差異の原因が分からなくて、どう反応すればいいのかが分からないのだ。

「慣れていない？　では今までクローディアの周りには愚かな男しかいなかったのだな。君の魅力に気がつかないなんて、随分間抜けばかりが集まっていたらしい」

口先ばかりのおべっかだと理解している。女性慣れしているシリルにとっては、呼吸することと同じくらい自然に、蠱惑的《こわくてき》な言葉が溢れてくるのだろう。

深い意味はない。分かっている。

しかし頭は冷静であろうとしても、心が勝手に乱れてしまった。

クローディアの鼓動が加速する。澄んだ水色の瞳に見つめられると、どんどん思考に霞《かす》みがかってしまう。平静では、いられなくなる。

向かいに座っていた彼の顔がゆっくりと近づいて——

「お兄様、これお酒が入っているわ！」

緊張感を孕《はら》んだ空気は、エリノーラの無邪気な声で砕かれた。

「ほら、このプラムケーキ。私には食べられないわ。残念だけど……」

ブランデーやラム酒をたっぷり使ったケーキは、見るからに美味しそうだ。しかし子供のエリノーラにはアルコールが強すぎるらしい。

「あ、ああ。ごめんよ、エリノーラ。確認を怠ってしまった。別のものを食べるといい。このビスケットはどうだい？　ジャムもある」

先刻までの妖しい色香を押し隠し、シリルは優しい兄の顔で妹に語りかけた。

「果物を剥《む》いてあげようか？」

「それなら私がいたします」

クローディアは奪い取る形でナイフと果実を手にした。

まだ、心臓は疾走している。

今、自分は何をしようとしていたのだろう。もしもエリノーラが話しかけてくれなかったら、あのままどうなっていたのか。

ぼうっと固まっている間に、もっと彼の顔が近づいて来たら……

——唇が、触れてしまったかもしれない。

「……っ」

思い返すと、自己嫌悪でのたうち回りそうだ。眼を覚ませと自らの肩を掴んで揺さぶりたい。

——危うく、雰囲気に呑まれるところだったわ……しっかりしなきゃ。遊び慣れた男性はこれだから恐ろしい。いえ、シリル様が私にキスをしようとした証拠はないけれど。それ以前に私に迫るもの好きなんて、いないわよね……

己を律した直後には卑下する気持ちが湧き上がり、クローディアの心は乱高下した。

自分でも、何に戸惑い動揺しているのかが分からない。

ごまかすため、手先だけはせっせと器用に果物の皮を剥いていた。

「先生、上手ですね。今度私にも教えてください」

「ええ、いいですよ。ただし先日練習した曲を間違えずにピアノで弾けるようになったら、奥様にお許しをもらいましょう」

「私、頑張ります」

侯爵家令嬢に勝手に刃物を持たせるわけにはいかないので、クローディアはやんわり断ろうとしたが、逆にエリノーラのやる気に火をつけてしまったようだ。

彼女は純粋に意欲を高め、拳を握り締めた。

「ふふ、剥けましたよ。どうぞ」

「ありがとうございます。先生は何でもできるのですね！」

またもや尊敬の眼差しを向けられ、こそばゆい。

そんなに立派な人間ではないのに……と思いつつ、クローディアは元婚約者と元親友に裏切られ、木っ端微塵《こっぱみじん》に砕かれた自尊心が癒《いや》される気がした。

──不思議……緑の中にいるおかげもあるけれど、とても呼吸が楽になる……こわばっていた気持ちが解《ほぐ》れていくみたい……

エリノーラとシリル。三人で過ごす時間は心地いい。多少ドキドキとして落ち着かなくなることはあるが、それ以上に肩肘を張らずに済む感覚があった。

素のままの自分でいられる。彼らならば、クローディアを『可愛げがない』とか『冷たい』と責めないからかもしれない。自分の殻《から》を破れないクローディアを、ありのまま受け止めてくれる。

──こんな時間が、ずっと続けばいいな……

穏やかな気持ちになり、自然とクローディアは微笑んでいた。

その後、食事を終え水辺ではしゃいだエリノーラがウトウトとし出した。

「まだ時間はあるから、少し横になるといい。帰る時は、起こしてあげる」

「んん……」

兄の言葉に甘える声を出し、彼女は敷布の上で横になりすぐに寝息を立て始める。天使のような寝顔に、クローディアとシリルは微笑み合った。

「こんなに楽しそうなエリノーラを見たのは、随分久し振りだ。生まれた時から身体が弱かったせいで、滅多に外出もままならなかったし……今日は、本当にありがとう。クローディア」

「いえ、私は何も」

「君がいなかったら、ここまではしゃいだ妹を眼にすることはできなかった。感謝している」

たぶん、良くも悪くも彼は自分の思いを何のてらいもなく言葉や態度で示せる人なのだろう。少しだけ、羨《うらや》ましい。

クローディアには難しいことを簡単にこなすシリルを眩しく思い、分厚いレンズの下で眼を細めた。

「ところで君は何故、必要のない眼鏡をかけているの？」

「えっ」

言うなり彼に眼鏡をひょいっと奪われ、クローディアは突然明瞭になった視界に瞬いた。

大事な眼鏡は今、彼の手の中にある。

「か、返してください」

「ああ、やっぱり思った通りだ。これ、度が入っていないね。授業中、教科書を読みにくそうにしていたからおかしいと思っていたんだ」

余計な観察眼を発揮しないでほしい。

眼鏡を取り戻そうとして伸ばしたクローディアの手は、ことごとく躱《かわ》されてしまった。ならば、と強引に身を乗り出したせいで体勢が崩れる。

「きゃっ……」

「危ない」

並べられた皿やグラスの上に倒れこみそうになったクローディアの身体は、しっかりシリルの腕に支えられていた。半ば抱き寄せられる形になり、彼の胸に密着する。

「……あっ……」

爽やかな香りが、鼻腔《びこう》を擽《くすぐ》った。

シリルが使っている香水と彼自身の香りが混ざり合い、得も言われぬ馥郁《ふくいく》とした芳香になる。まるで媚薬《びやく》だ。

クローディアは経験したことのない疼《うず》きを下腹に感じ、慌てて身を起こした。

「も、申し訳ありません」

「いや、僕もふざけすぎた」

そう言いつつ、シリルは一向に眼鏡を返してくれる素振りがない。逸らせないお互いの視線だけが、濃密に絡まり合っていた。

「あ、あの」

「やはり君の瞳は綺麗だ。隠さない方がいいのに」

下心を秘めた誘惑とは違う色に息を呑む。単純に、褒めてくれた気がする。

しかしそれならそれで、またどう返事をすればいいのか分からないのが、クローディアだった。

素直になれない。

普通の女性であれば、『ありがとうございます』と軽く受け流すのか、もしくは恥ずかしそうにはにかんで可愛らしく頬を染めるのかもしれない。

しかしそんな簡単なことが、クローディアには難しいのだ。

心に反して、むっつり口を引き結んでしまう。怒っているわけでもないのに、表情はこわばってしまった。

顔を背け、可愛くない己に失望する。

微妙な空気が二人の間に流れた。

「……少し、湖のほとりを歩いてきます」

耐え切れず腰を上げたのは、クローディア。彼の返答は待たず、逃げるように立ちあがり歩き出した。

草を踏む音がいやに耳に響き、何故か美しかった景色が色褪《いろあ》せた気がする。

――ヘレナなら素直に微笑んで、褒めた相手も気持ちよくなれる答えを返せるのよね……

彼女は可愛いから。愛されるべき人だから。

少なくともクローディアのように、称賛を口にしてくれた相手を困らせることはないはずだ。

自己嫌悪が胸に痛い。

自分は間違ってはいない。ただし、絶対的に正しいわけでもないことも、クローディアは理解し始めていた。

第二章　小悪魔が生まれる夜

湖から帰って、クローディアは自室のベッドに座っていた。時刻は夜。

傍らにはプラムケーキが置いてある。

お酒がふんだんに使われているため、エリノーラが食べなかったお菓子だ。

あの後、彼女が目覚めるのを待って屋敷に戻ってきたのだが、帰り道、荷物の大半は行きと同じでシリルが持ってくれた。

クローディアが任されたのは、折り畳まれた敷布だけ。それと、返却された眼鏡。

残った食べ物や果汁が入っていた瓶、食器類は全て彼がバスケットの中に纏《まと》め、肩にかけてしまった。そして、クローディアは軽い布だけを渡されたのである。

約束通り分担しますと告げたが、「だからその敷布をよろしく」と言われて終わり。

結局、ほぼ手ぶらも同然の状態で帰路につくことになった。

——紳士、なのよね。こういうところは……

クローディアはプラムケーキを持ち上げ、しげしげと見つめた。『迷惑じゃなければ、部屋に持ち帰って食べてくれ』とシリルから手渡されたものだ。

洋酒のいい香りが食欲を誘う。

今日は昼に沢山食べてしまったせいか夕食はほとんど喉を通らず、今になって空腹を感じた。

包みを開いてケーキを千切り、そのまま口に運ぶ。

フォークもナイフも使わず手で食べるのは、クローディアにとって冒険に等しい。

けれども湖のほとりで三人座りこんで食事した時の楽しさを、再現したくなったのだ。

口の中に果物と酒の芳醇《ほうじゅん》な味が広がる。美味しい。

だが、あの時ほどの感激は得られなかった。

どこか虚しいまま、二口、三口と次々に咀嚼してゆく。味わいはとても素晴らしいのに、胸も腹も重苦しい。

感じていたはずの空腹さえ、急激に失《う》せていった。せっかく屋敷のシェフが作ってくれたものなのに申し訳ない。

惰性で食べ続け、三分の一ほど減った頃、クローディアは頭がぼんやり熱を持っているのに気がついた。身体も熱い。

何故か真《ま》っ直《す》ぐ座っているのも辛くて、クラクラと眩暈を感じ、慌てて傍らに手をついた。

おかしい。

しっかり眼を開いているし、無駄な眼鏡もかけていないのに視界が歪むのは何故だろう。

ふわふわと思考が纏まらず、愉快な気分になってきた。

「あれぇ……?」

耳に届いた己の声は、どこか舌っ足らずで情けないものだった。普段のクローディアならば、こんな喋《しゃべ》り方《かた》はしない。もっとキビキビとして早口なくらいだ。

それに、だらしない姿勢を取ったりもしない。

みっともない――と自分を叱責するよりも先に、笑いがこみ上げてきた。

「うふふ……ふはっ、あははは……っ」

理由など分からないけれど、とにかくおかしい。面白くて仕方がない。

一度声を出して笑い出すと止まらなくなって、クローディアは後方にひっくり返り大の字になって寝そべった。

まだ寝衣に着替えてもいないのに、細かいことは気にならない。些末《さまつ》なことよりも、自分の行動がまたおかしかったのだ。

「ははっ……ふふふ……っ」

この一週間で見慣れ始めていた天井がグルグル回り出し、不可思議な光景に疑問を覚えることもなく、クローディアは腹を抱えて身を捩《ねじ》った。

先ほどまで悶々《もんもん》と悩んでいたことが嘘みたいだ。とにかく愉快で堪らない。

相変わらず全身は熱いし、頭は上手く働かなかった。手足の感覚は鈍り、眼も耳を正常に機能していないように感じられる。

「変なのぅ……」

もしかして、プラムケーキのせいだろうか。

こうなる直前に行ったことで、いつもと違うのはあれを食べたことくらいだ。他に思い当たる節はない。

ちなみに生真面目なクローディアは、人生においてほとんど酒を飲んだことがなかった。女性には不要なもの、と捉えていたからだ。

だから『酔う』という感覚も、見聞きはしていても体験したことはない。故に、自分が酩酊《めいてい》状態にあるなんて、露ほどにも思い至らなかった。

「うふふぅ……プラムケーキ、もう少し食べちゃおう……」

気持ちが楽になれば、食欲も湧いてくる。

クローディアは、今度は千切ることもせずケーキにかぶりついた。

大口を開け、両手で持って豪快に食べてゆく。お酒の匂いが堪らない。こんなに美味しくて楽しい気分になれる食べ物が、世の中にあったなんて知らなかった。

ガフガフと食らっていると、今度は強烈な喉の渇きを覚えた。

口内の水分がケーキに奪われたことにより、どうしても飲み物が欲しくなってくる。一度欲求を覚えると、もう我慢できなかった。

クローディアはふらりと立ちあがり、覚束《おぼつか》ない足取りで階下を目指した。

キッチンに行けば、何かあるだろう。この時間なら使用人たちも仕事を終えているはずだ。

あっちにフラフラ、こっちにフラフラしながら、へっぴり腰で階段を下りてゆく。

「もうぅ……どうして廊下が波打っているの……?」

勿論廊下は平坦《へいたん》なまま、余計な凹凸など一つもない。だがクローディアの眼には起伏に富んだ難所に映った。

四苦八苦して前に進み、ようやく一階に辿り着く。しかしここで、方向が分からなくなってしまった。

屋敷の間取りは大方覚えたのに、何故か今は一向に思い出せない。

「キッチン、どっちだったかしら……?」

とりあえず適当に右へ進んだが、違う気がする。クローディアは立ち止まり、勢いよく方向転換した。

「うわっ」

「きゃっ」

振り返ると、壁だった。いや違う。無機質な壁よりも柔らかいものにぶつかり、クローディアは尻餅をついた。

「痛ぁ……」

「危ないな。こんな所で何をしているんだい？」

抱き起してくれる手を辿り、視線を上げると、クローディアの天敵――もとい、シリルが呆れ顔で立っていた。

「あちこちぶつかる音がするから様子を見に来てみれば……ん？　酒臭い……？」

彼が、すんっと鼻を蠢《うごめ》かせる。その表情が面白くて、クローディアはケラケラと笑った。

「私はいつも通りですよぉ」

「いや、明らかに異変をきたしているけれど」

「喉が渇いただけですぅ。キッチンが移動したみたいで、見つかりません」

「……完全に酔っ払いじゃないか」

眉間に皺を寄せた顔がまた面白い。どうしてこんなに笑いが尽きないのだろう。

「こんなふうになるまで、いったい何を飲んだんだ？　ビール？　ワイン？　それともブランデー?」

「何も飲んでいません。今から飲もうと思ったんですぅ。うふふふっ」

ひたすら愉快だ。

戸惑ったシリルの様子は見ていて飽きない。クローディアは彼をもっと困らせてやりたい衝動に駆られた。

「キッチンを捕まえてください！　シリル様がくださったプラムケーキを食べて喉が渇いたのですから、それくらいしてくれても良いと思います」

頭が正常であったのなら、絶対に出てこない台詞を吐き、クローディアは大きな笑い声をあげた。

「あははっ、キッチンが逃げるなんて私知りませんでした！」

「ちょ、静かに。もう遅い時間だし、誇り高い君はこんな姿を誰にも見られたくはないだろう?」

「喉が渇きましたぁ。早く捕まえてください」

「とんでもない酔っ払いだな……まさかプラムケーキを食べただけでこんなにヨレヨレになるなんて……」

ひょいっと横抱きにされ、クローディアは浮遊感に慄《おのの》いた。もっとも、最初から平衡感覚は失われていたから、高さに驚いただけだ。

「わぁ、すごく高い！」

「じっとしていて。キッチンに連れて行ってあげる。――まったく、昼間とは別人じゃないか」

「早くしないと、キッチンがまた逃げちゃいますよぅ」

「はいはい。ちゃんと掴まっていなさい、酒癖の悪いお姫様」

シリルの腕は逞しく、しっかり支えられているから怖さはない。むしろいつもとは違う目線の高さが新鮮で胸が高鳴った。

「私、何も悪くありませんよ？　いつだって真面目に、誰にも恥じることがないよう清く正しく生きてきましたもの！」

「分かったから、少し黙ってくれないかな」

彼の咎める言い方が悔しくて、クローディアはシリルの耳たぶに齧《かじ》りついた。とは言っても、思い切り歯を立てたわけではない。ちょっと甘噛みしただけだ。

「こらっ、やめなさい！　何てたちが悪い酔っ払いなんだ……」

「赤くなったぁ」

「君が噛《か》んだからだろう……」

脱力した様子で溜め息を吐いた彼に運ばれ、クローディアはキッチンに辿り着いた。そこで椅子に座らされ、眼前にミルクを注いだグラスを置かれる。

「ほら、これを飲んで」

「うふふ、ありがとうございます」

ぐいっと一気に煽《あお》り、ぷはーっと息を吐き出した。美味しい。とても喉が渇いていたから、生き返った気分だ。

「ふ……白い髭《ひげ》が生えているよ」

隣に座り、微笑んだシリルに鼻の下を拭われる。彼の指先は、クローディアの肌を繊細になぞっていった。

「まるで子供みたいだ。君にこんな一面があったなんて、意外だな」

「うう……馬鹿にしないでください……」

「していないよ。可愛いって言っているんだ。昼間の凛《りん》と背筋を伸ばした姿も健気《けなげ》だけれど、我が儘やわけのわからないことを言うクローディアも、落差があって悪くない」

また反応に困ることを言われた。

しかし今の理性も常識も曖昧になったクローディアは、平素よりも素直に耳を傾けることができる。

ふにゃりと微笑み、頬へ移動していったシリルの手に、自ら顔を擦りつけた。

「嬉しい……ケイシー様は私のことを可愛げがないって言ったのに……」

「ケイシー？」

「元婚約者です……」

「──へぇ」

不意に彼の声が低くなった気がしたが、クローディアは気にせず話し続けた。

「私が可愛くないから、ヘレナと浮気をしたのですって。いえ、子供まで作ったのだから浮気じゃない……むしろ私の方が邪魔者よね……」

いざ言葉にすると、急激に悲しくなってくる。

思い出として過去にするには、未だに生々しい傷痕が癒えていない。クローディアはシリルの手を取って、強く自分の頬に押し当てた。

「それは、男がろくでなしだっただけじゃないかな。相手の女性も婚約者がいる男だと知っていて関係を持ったのなら、頭と身持ちが悪いと非難されても仕方ない」

「でも、ヘレナは女の私から見ても守ってあげたい可愛い人なんです。昔から可憐で優しい親友でした」

「え？　君の友達？　だったら尚更二人とも屑《くず》じゃないか」

バッサリ返され、クローディアは酒に酩酊した頭でも衝撃を受けた。

「だ、だけど二人は愛し合っていて……！　その証拠に子供まで」

「うん。やることやれば、子供はできるよ。そこに愛云々《うんぬん》は関係ないな。むしろ本気で心変わりしてしまったのなら、誠実に打ち明けてから一歩踏み出すべきだろう。申し訳ないけど、君の元婚約者と友人は誰に対しても不誠実だね」

これまで最大の理解者である叔母にさえ『繋ぎ止めておけなかったクローディアも責任がある』とやんわり言われてきた。

両親も同情はしてくれたが、どこか非難する色があったのだ。

だからクローディアは『私は悪くない』と思いつつ、心のどこかで自責の念に囚われていた。不安があったからこそ、殊更自分の正しさを主張したかったのだ。

そんな葛藤を、シリルは事もなげに砕いてくれた。

嬉しい。ずっと欲しかった共感。言葉にしきれないクローディアの想いを、代弁された心地がした。

「あ、遊び人のくせに、お優しいのですね……」

涙で、視界が滲む。

「遊び人？　酷いな。僕はこれでも女性を弄《もてあそ》んで捨てたことなんて一度もないよ」

「初めてお会いした日、首にいやらしい痕をおつけになっていたじゃありませんか。シリル様には特定の恋人はいらっしゃらないはずなのに」

初心なクローディアには、赤い痣《あざ》だけでも充分扇情的だった。

あんなものをつけて平然と妹に会いに来るなんて、それだけでふしだらだ。思い出しただけで不快感がこみ上げる。

「ああ……あれか。成程、それで君の態度が硬化したのか。誤解なんだけどなぁ」

クスクスと笑う彼の声が心地いい。

クローディアの頬に押しつけたままのシリルの掌の温《ぬく》もりが気持ちよくて、うっとりした。

「……私、変わりたいです。本当は、愛される女性になりたい……」

「君は今でも充分魅力的だよ。見る眼のない男の言ったことなんて、忘れてしまえばいい」

「駄目です。もう捨てられたくないもの……シリル様、どうすれば私は経験豊富になれますか？」

「経験豊富って……あまり女性には求められていないと思うけど」

困り顔で笑う彼をじっと見つめた。クローディアだって貞節は守るべきだと思っている。

しかしそれだけでは駄目なのだ。

「真面目で固い自分の殻を破りたいのです。だけど私一人では何をどうすればいいのかも分かりません。ご教授いただけませんか？」

酔っているからこそできる頼み事。素面《しらふ》であったら天地がひっくり返ってもあり得ない。正しい判断ができない今だから、本音を口にできたとも言えた。

もっと社交的で素直になって、臨機応変さを身に着け、一緒にいて楽しいと感じてもらえる人間になりたい。愛し愛される、誰かにとっての特別になりたかった。

「お願いします、シリル様。多くの女性を虜にしている貴方なら、特別な方法をご存知ではないですか」

「僕を節操のない男のように言わないでほしいな」

クローディアはぼやく彼の言葉には耳を傾けず、隣に座るシリルに取り縋《すが》った。

したたかに酔っているせいで自分の身体を支えきれず、彼の胸へ倒れこむ形になる。支えてくれたシリルの腕が、こちらの腰を抱いてきた。

「せめて……キスや抱擁くらい、構えずにこなせるようになりたいです……」

ただの挨拶に身を固くする女では、相手の男性も面白くないだろう。気分を害して当然だ。だから、クローディアは慣れなければいけない。

とは言え、練習相手として家族では効果を期待できないが、赤の他人では到底お願いする気になれなかった。

その点、シリルは適切な相手に思えたのだ。

彼なら、クローディアに下心を抱くほど女性に不自由はしていないだろう。シリルにとってキスや抱擁など大した問題ではないはず。

何よりも、自分が嫌じゃなかった。

シリルに触れられると名状しがたい息苦しさに襲われはしても、怖気《おぞけ》に震えることはない。慄きつつ高鳴る胸があったから、彼なら大丈夫だと確信していた。

クローディアの腰に添えられていたシリルの手が、ピクリと動く。

力がこめられたせいで引き寄せられ、ただでさえ密着していた距離が更に隙間をなくした。

「……不用意に、そんなことを男の前で口にするべきじゃない」

「どうしてですか！　シリル様も、私を可愛げがない女だと思っているから、協力してくれないのですかっ」

「ああ、もう。何故そうなるんだ」

呆れ顔の彼が天井を仰ぐ。けれどその眼は、とても優しかった。

「誘ったのは、君だからね？」

視界がシリルの顔でいっぱいになる。焦点がぼやけるほど近づかれ、逃げかけたクローディアの身体は力強く拘束された。

唇が重なる。

数度、啄《ついば》むように触れ合い、次第に接している時間が長くなる。下唇を彼の唇で食まれ驚きで顎が緩んだ隙に、口内へ肉厚の何かが侵入してきた。

温かくて滑るそれが、卑猥《ひわい》な動きでクローディアの舌に絡まってくる。

歯列をなぞられ、無防備な舌を擦り合わせられると、全身の力が抜けてしまった。

「ふ……ぁ、ん」

鼻に抜けた声は、自分でも驚くほど甘ったるい。恥ずかしくて口を閉じようにも、シリルに塞がれたままでは叶わなかった。

強引に、ただし優しく促され、クローディアもおずおずと舌を差し出す。

これは、挨拶の度を越えている。分かっていても、酔いに浮かされた頭と身体では抵抗する発想が生まれなかった。むしろ身体を預け、激しい嵐に翻弄されてしまう。

幾度も角度を変えて貪られるうち、クローディアの口の端から飲み下しきれなかった唾液が溢れた。

他者の唾液を嚥下《えんか》するなど、これまでの自分では考えられない。正直なところ気持ちが悪いし、汚いとさえ思っていたのだ。

でも今は、極上の甘露を味わった気分になった。

夢中で口づけをしていたせいか、頭がぼうっとしてくる。

思考力は下がり、ただ自分にとって心地いいことを求めていた。

「あ……」

不意に解かれた唇が寂しい。先ほどまで与えられていた燃えそうな熱が遠退《とおの》いて、寒ささえ感じた。

意識せず見上げた瞳は、おそらく劣情が混じっていただろう。自覚のないまま強請る眼差しで、クローディアは頬を上気させていた。

「……可愛い」

シリルの手が、クローディアの身体の線を弄《まさぐ》る。

括《くび》れた腰から上昇し、胸の膨らみに大きな掌が到達した際は、流石に驚いた。

「……っ」

「大丈夫、痛いことも酷いこともしない」

優しい眼で囁かれ、ゆっくり揉みこまれるのと同時に背中を撫でられて、安心してしまった。

服越しの愛撫《あいぶ》はもどかしい。だが時間をかけ愛《め》でられていれば、じんわり体温も伝わってくる。

段々熱くなるのは、酒のせいばかりではなかった。弾む呼吸の合間にキスを繰り返し、耳たぶやうなじを擽《くすぐ》られる。

服から露出した肌を直接触れられる感覚と、布に隠された部分を擦られる感触。双方の落差が、クローディアを翻弄した。

どちらも未知のもの。

怖さもあるのに、好奇心が擡《もた》げてくる。弾んだ息に艶が混じるのに、時間はかからなかった。

大胆に振る舞うことを許された気分で、クローディア自ら彼の首に両腕を回す。隣りあって座っていた状態が、いつしかシリルの膝の上に座る体勢に変わっている。

お尻の下に感じるのは、男性の逞しい太腿《ふともも》だ。筋肉のついた張りのある質感に、頭がクラクラした。

「ん……ふ、ぁ」

わざと水音を立てた口づけをして、淫靡《いんび》な熱がこもってゆく。

離れた拍子にかかった銀の糸を辿り、また深くキスを交わす。何度も。飽きることなく。

「……クローディアのこんなに素敵な顔を、元婚約者は見ることができなかったなら、少しは同情してしまうな」

「その名前、今は聞きたくないです」

この夜は、嫌なことを全部忘れたい。せっかく楽しくて気持ちが良いのだから、余計なことに煩わされたくなかった。

「確かに。僕も聞いて愉快な名前じゃない」

「んっ、ぅう」

彼とのキスはジャムより甘くて、プラムケーキよりも濃厚だ。

味わうほど酩酊感が深くなる。お腹がいっぱいでも、次の一口を求めて唇を開いてしまう。

クローディアは身体中で飢えを訴え、求めていた。

首元を完全に隠す立襟のボタンを外され、肩口まではだけられる。大胆に晒された胸元へ、シリルが口づけた。直に撫でられた背中に愉悦が走る。

人肌が気持ちいいなんて、初めて知った。

「……私、魅力がありますか……？」

「あるよ。だからこうしている。しかしこれではもはや小悪魔だな……」

熟れた頬をシリルに軽く齧られたが痛みはなく、擽ったい。

クローディアが堪え切れず笑い出すと、彼は咎めるように首筋にも歯を立ててきた。

「ふふっ、私は食べ物ではありませんよ」

「とても美味しそうだ。僕が紳士であることに感謝してほしいね。並の男なら、この程度で終わらせてはくれないよ」

ない。

「終わり……なのですか？」

楽しい気分だから、もっと続けてもらいたかった。キスも気持ちがいいので、やめてほしくない。

抗議の意味でクローディアが唇を尖らせれば、また口づけられていた。

「今夜はこれでお終い。流石にこれ以上は僕も辛い。それに、クローディアが後悔する姿を見たくはないから」

後悔などするわけがない。これは己が望んだことだ。もっと彼と戯《たわむ》れていれば、違う自分になれる気がした。知らない世界に連れて行ってもらえる予感がある。

「今夜はもう遅い。部屋に戻って眠りなさい」

「嫌……」

「こら、我儘《わがまま》は言わない。へにょへにょな君も素敵だけど、できれば誘惑は素面の時にしてほしい。酔いが醒《さ》めたクローディアに悔やまれたら、僕も傷つくからね」

「何故、シリル様が傷つくの……」

急に眠気が襲ってきて、シリルの後半の言葉は上手く聞き取れなかった。

頭が重く、横になりたい。クローディアは声にならない文句を彼に抱きつくことで示した。

「……まったく、本当に凶悪な酔っ払いだな」

降りてくる目蓋に視界が遮られる。

暗転したクローディアの世界から音も消えていったので、その後のことは分からない。包まれるように抱きかかえられ、とても安心した気がする。温もりが愛おしくて、頬ずりしたかもしれない。

全てが闇に溶けてゆく中、クローディアの中には満たされた思いだけが残っていた。


眼が覚めると、クローディアは自室のベッドで眠っていた。

いつも通りの朝。少し眠いことを除けば、時刻も毎朝の起床時間通りだ。何もおかしなところはない。だが――

「……私、昨夜いつ着替えたかしら……？」

覚えていない。

昨晩は夜遅く空腹を覚えて、プラムケーキを食べたことまでは記憶にある。しかし、その後がぽっかり抜け落ちていた。

確かあの時点までは夜着に着替えていなかったはず。けれど今は、きちんと楽な格好に変わっている。無意識に着替えたのだろうか。

「嫌だ……そんなに疲れていたの？　私ったら……」

久し振りに身体を動かしたから、寝惚《ねぼ》けるほどボロボロになっていたのかもしれない。さほど疲労感があったわけでも筋肉痛が残っているわけでもないが、自分の若さを過信しすぎていたらしい。

「恥ずかしいわ。しっかりしなきゃ」

記憶が飛ぶなんて、恥ずべきことだ。己を律せない人間は尊敬できない。たとえ自分自身でも、同じこと。

クローディアは深々と溜め息を吐いた。

だがいつまでも暢気《のんき》に自己嫌悪に浸ってはいられない。今日も先生として頑張らなくては。

「さて、着替えなくちゃ。――と、あら？」

気分を切り替えるつもりで伸びをしたが、たまたま目に入った塵に首を傾げる。それは、プラムケーキを包んでいた紙屑《かみくず》だ。

「……私、全部食べ切っていたかしら……？」

夕食の後にケーキをホールごと食べるなんて尋常ではない。胃がはち切れる。

元来大食漢ではないクローディアは、思わず自分の腹を撫で下ろした。

――あれを一人で完食したなら、気持ちが悪くなっていても不思議はないのに……どうしてかしら？　むしろとてもスッキリしていると言うか、清々しい気分だわ……

晴れ晴れとして、ずっと心の重荷だったものが、まるごと消え去った感じだ。

昨日、湖からの帰り道はモヤモヤしていたが、何故こんなにも軽やかな気持ちなのだろう。

「変ね……？」

考えても分からない。だが忘れてしまったのなら、その程度の記憶ということだ。

クローディアはスッパリ思考を切り替えて、朝の準備に取り掛かった。

「先生、昨日は楽しかったですね」

授業を始めて開口一番、エリノーラははしゃいだ声で言った。

「ええ。湖がとても綺麗でしたね」

彼女にとって、あれはただの散歩とは一線を画すものであったらしい。成功体験と言っても良い。特別な経験だったのだ。

「あそこまで自分の足で歩いて行けたこと、とても自信に繋がりました。これからは、少しずつ距離を延ばしていきたいです」

「良いですね。エリノーラ様が社交界デビューされる頃までには、きっと自由にダンスも踊れるようになりますよ」

「楽しみだわ。ダンスもクローディア先生が教えてくださるでしょう？」

「えっ」

ダンスは、苦手だ。ケイシーと踊った時も一度や二度ではなく彼の足を踏んでしまい、あまりにも下手すぎて、後半は誘われることさえ激減していたのだ。

不快な記憶まで掘り起こし、クローディアは頭を振った。

「基本のステップはお教えできますが、殿方と練習した方が早く上達しますよ。エリノーラ様にはお兄様がいらっしゃいますから、シリル様に相手をしていただきましょう」

クローディアも、頭ではステップを理解している。リズム感だって悪くない。だが、絶望的にダンスが下手なのだ。

我が強すぎて、男性のリードに任せるより自ら動きたくなってしまうせいだと母親に叱られたことがある。

相手がリズムを外していると気になり、間違いを指摘してしまうことも敗因の一つだった。

向いていない――この一言に尽きる。

「わぁ……お兄様とも、踊ってみたいわ」

少女らしい憧れに頬を染めたエリノーラを微笑ましく見守り、クローディアは教科書を開いた。本日の授業はラテン語だ。

「では、始めましょう」

「はい！　先生」

「失礼する」

ノックの音が終わるや否や扉が開かれることにはもう慣れた。

こんな真似をするのはヘイスティング侯爵家ではただ一人。予測通りの人物が室内に入ってきたことで、クローディアは口元を引き攣らせた。

「シリル様、いったい何の御用ですか」

「兄が愛しい妹の様子を見に来てはいけないかい？」

勉強の邪魔をしておいて、彼はいけしゃあしゃあと宣った。

「お兄様！　今日も一緒に授業を受けるの？」

「いや、違うよ。エリノーラ。少しだけ、クローディア先生を借りられるかい？」

「え？　構いませんけれど……」

釈然としない顔で、彼女が首を傾げた。クローディアだって、疑問符でいっぱいになる。

兄が妹に会いに来たのなら、まだ分かる。しかし連れ出されるのが家庭教師とは、どういうことだ。

「何でしょう？　お話ならここで伺います」

「いいから、こっちに来てくれないか」

シリルの手で半ば強引に子供部屋から連れ出され、クローディアは廊下を進んだ。同じ階にある書斎に連れこまれ、彼が扉を閉ざしてしまったことで眦《まなじり》を吊り上げる。

「あの、困ります」

「静かに。不埒《ふらち》な真似をするつもりはないから、安心して」

そう言われても、未婚の男女が二人きりで閉じられた同じ部屋にいるなんて、あり得ない。どんな噂が立つか知れないし、万が一そんな事態になればまず間違いなくクローディアは職を失ってしまうだろう。

まだ、実家に戻るつもりはないのだ。

慎重に距離を取るが、シリルは扉の前を動く気はないらしく、凪《な》いだ瞳でこちらをじっと見つめてきた。穏やかな水色に、妖しさはない。

「……私に何か、お話でも？」

身構えたクローディアは、毅然と胸を張った。

「――昨日のことで、気分は悪くないか」

「気分ですか？　運動不足なので疲れはしましたけれど、いたって元気ですが？」

想定していた言葉とは違う問いに、眼を瞬かせる。

幸い、筋肉痛もない。ひょっとしたら一日置いてという事態も考えられるが、そこはまだ若いので違うと信じたかった。

「頭が痛いとかは？」

「むしろ爽やかに澄み渡っています」

いったい何なのだ。

どうやらこちらの身体を気遣ってくれているらしいが、残念ながらそこまで高齢ではないつもりだ。運動は苦手でも、あの程度で翌日へばるとは思われたくない。

クローディアは眼鏡の下で胡乱げに眼を細めた。

「心配してくれたのはありがたいですが、エリノーラ様の勉強を中断してまでする会話でしょうか？　しかも、こんな場所で……」

「妹にも、誰にも聞かれたくないだろうと思ったのだが……まさか、覚えていないのか？」

質問に質問で返され、困惑する。

本当にわけが分からない。からかっている様子もないのに、シリルの言動は意味不明だ。

「覚えていないとは、何のことですか？」

身に覚えはないけれど、昨日約束でも取りつけただろうかと思い返す。

もし、クローディアが一方的に忘れているのなら、申し訳ない。が、いくら記憶を探ってみても特に思い当たる節はなかった。だとすれば、シリルの勘違いである可能性が高い。

「何らかの行き違いがあったようですね」

「これは思った以上の小悪魔だな……とんでもない難物《なんぶつ》だ」

「はい？」

どうにも会話が噛み合っていない。じっとり恨めしげな眼を向けられても、知らないことを解決できるはずはなかった。

「時間が勿体《もったい》ありませんから、エリノーラ様のもとに戻ってもよろしいですか？」

「――ああ」

いかにも渋々頷く仕草に、微塵も納得した様子はない。けれどそれはこっちも同じだ。

進路を譲ったシリルの脇をすり抜けようとした刹那、クローディアは腕を掴まれていた。

「……っ？」

驚愕で身が竦む。多少強引なところがあっても、暴挙に出る人ではないと信じていただけに、硬直してしまった。

まだ扉は開かれていない。つまり閉ざされた空間はそのまま。

ここで何かあっても、部屋に入ってしまった自分の責任だ。

「でもこれだけは覚えておいて。次はない。僕の忍耐力を試しているなら、後悔させるよ？」

「何のお話か、分かりかねます……！」

クローディアは掴まれていた腕を振り払った。

身に覚えのない糾弾は、不愉快だ。責められている理由が分からないから、素直に頷くことなどできない。

「先ほどから、いったい何の話をされているのですか？」

「まさか綺麗さっぱり忘れられるとは思わなかった……二日酔いになっていなければいいと案じていたが、こんな屈辱は生まれて初めてだ」

「二日酔い……？」

クローディアの父も兄も酒を大して好まないので、嗜《たしな》み程度しか口にしない。だから酔っ払いなど眼にしたことがないのだ。まして自分自身がそうなったなど、思いつきもしなかった。

「まぁいい。過ぎたことをグチグチ言うのは、僕の主義に反する。とにかくこれからは気をつけるように。特に男がいる場所で、油断しては駄目だ」

「ええ……？」

どうやらお説教を受けていることは理解したが、理由までは皆目見当がつかなかった。そもそも、クローディアには飲酒をしたという認識さえないのだ。

「分かったかい？」

「え？　あ、はい……」

これっぽっちも分かっていなかったが、シリルの勢いに押されて頷いた。彼の眼差しが剣呑《けんのん》すぎて、少々怖かったのだ。

「よし。ではエリノーラをよろしく」

今度は背中を押され、あっさり部屋の外へ出されていた。そのままエリノーラが待つ子供部屋に連行され、何ごともなかったかのように授業が開始される。

「お兄様ったら、またお出かけなのね」

「……そのようですね」

いったいどこで何をしているのか知らないが、とりあえず本日もシリルは忙しいらしい。別にクローディアには関係ないので構わない――が、今日ばかりは説明してほしいと強く思わずにはいられなかった。


ヘイスティング侯爵家での日々は、穏やかに過ぎていった。

クローディアが家庭教師として赴任してから約三か月。想像していた生活よりもずっと快適で楽しい日々を送っている。

やたらに絡んでくるシリルという存在を除けば、何の憂いもなかった。

本日も、エリノーラにピアノを教えているところへ乱入してきた彼は、ひとしきり練習を見守った後、意味深な視線をクローディアに投げかけて去っていった。

いったい何が目的なのか、さっぱり分からない。

しかしこうした回数は確実に増えていた。

湖に三人で出かけた翌日、意味不明のお説教を食らった日から彼はおかしい。

どこが、と問われると難しいのだが、妙にこちらを気にかけていると言うか、観察している様子なのだ。

ふと気がつくと見られているし、特別用事がなくても二日に一回は顔を合わせている。クローディアとシリルでは生活が違うので、数日会わないことも珍しくないはずなのに。

事実、彼らの両親とは滅多にすれ違うこともない。

余程暇なのだろうか。

しかもこれといった会話もなく、交わすのは『飲酒は控えるように』とか『酒を使った菓子は避けなさい』などというお酒にまつわる話ばかりだ。

プラムケーキを貰《もら》った日以来、洋酒を使った菓子や料理が供されることはないし、クローディアが進んで酒類を買い求めることもないのに。

あまりのしつこさに苛々《いらいら》して、むっつり黙りこんだのは、仕方がないと思う。

昨日も同じ遣り取りがあり、クローディアは流石に怒りそうになってしまった。

今思い出しても気分が悪い。しかし今日はせっかくの休日なのだから、気分を切り替えなければ。

クローディアはいつもの堅苦しい黒い服ではなく、楽な格好で寛《くつろ》いでいた。

本日の午前中は掃除や繕い物の用事に充てたが、残る午後は大好きな読書に費やしたり、家族に手紙を書いたりして過ごすつもりだ。煩わしい眼鏡をかけずに過ごせることも嬉しい。

自室の扉にはしっかり鍵をかけ、準備万端。

クローディアはいそいそと先ほど届いたばかりの荷物を開封した。

送り主は叔母のアリステリア。彼女は、定期的に荷物を送ってきてくれる。

表向きクローディアは、アリステリアが嫁いだケビンの別荘に滞在していることになっているから、そこへ諸々の手紙が届くためだ。

すっかりクローディアが叔母のもとで傷心を癒していると信じている両親は、まめに手紙を送ってきてくれる。ケビンの屋敷を中継して、まさかヘイスティング侯爵家に転送されているとは、夢にも思っていないだろう。

「それにしても、今回は随分大きい箱だし、重いわね……」

届いた荷物は手紙だけでなく、細長い長方形の箱も入っていた。ひとまずそれは後回しにし、クローディアは早速アリステリアからの封筒を開封する。

中から便箋を取り出し、ワクワクしながら文字を追った。

綴《つづ》られていたのは、クローディアの身体を気遣う言葉。それから不足や不満はないかと心配する文章が続いていた。

「叔母さまったら……ご自分こそ、妊婦なのだから大事にしないと」

気にかけてくれる相手がいるというのは、とても恵まれていて幸福なことだ。親元を一時的に離れているクローディアは、強く思う。

両親を煩わしく感じた時もあったけれど、やはり大切な存在なのだと最近は実感していた。

小包の中に同封されていた父と母、二人からの手紙を見つめ、封筒の表面をそっと撫でる。

心労を与えてしまったな、と後悔が胸をよぎった。

「……あら？　もう一つあるの？」

いつもなら叔母と両親から三通の封筒が送られてくるが、今日はその下にもう一通入っていた。

誰からだろうと引っくり返し、送り主のサインを見て、クローディアは息を呑んだ。

そこに認《したた》められていた名前は、叶うならもう二度と眼にしたくはないものだった。

少なくとも今はまだ、痛みを忘れていない。ようやく、かさぶたになりかけた程度でしかなかった。

「……ケイシー……」

元婚約者にして、裏切り者。

クローディアの心を切り刻み、去っていった人。

慌ててアリステリアの手紙に視線を戻せば、最後に謝罪が並んでいた。

曰《いわ》く『ごめんなさい。送るべきかどうか悩んだけれど、勝手に握り潰すことはできないし、もしかしたら心からの謝罪かもしれないわ。読むかどうかは、貴女に任せます』

正直なところ、あの二人にはもう関わり合いたくない。

今の自分では、素直に『おめでとう』を言うことは不可能だ。いくら理性で己を律しても、眼や態度の端々に、恨みつらみが滲んでしまうだろう。

だったら、距離と時間を置くしかない。

せっかくクローディアが忘れるために努力しているのに、何故ぶち壊す真似をするのか。

激しく動揺して迷ったが、最終的にクローディアは封筒を開いた。

せめて真摯に謝ってくれたら、少しは救われる気がしたからだ。

自己弁護や言い訳ではなく、ただ一言『すまなかった』と言ってくれたら、きっと許せる。

震える指で便箋を取り出し、ゆっくり文字に視線を落とす。

望む言葉を求め、瞳を動かした。

書かれていたのは、短い文章。『我が子が誕生した』という歓喜に満ちたものだった。

「……っ、酷い……」

どうしてその報告をクローディアにするのか。

変なところで律儀な彼は必要だと思ったのかもしれないが、全くいらない。むしろ聞きたくなかった。

こめられた意味が反省や謝罪なら分かる。しかしこの手紙から受け取れるものは、単純に親になった喜びを誰彼構わず言い触らしたいだけだ。

言ってみれば、いかに現在の自分が幸せかの宣伝。

馬鹿にしている。クローディアがどんな気分で受け止めるかなど、微塵も考えてはくれていない。

——ああ、ケイシーにとって私は、その程度の存在だったのね……

癒えつつあった傷痕が、悪化したのを感じる。開いた傷痕をごまかすため、クローディアは乱暴に細長い長方形の箱を開けた。

「何よっ……これ……」

出てきたのは、一本の洋酒だった。ラベルは特別に作らせたのか、日付が入っている。それは、先ほどケイシーの手紙の中で眼にした記念日だ。

彼とヘレナの子供が生まれた日。

新しい命がこの世に誕生した、喜ばしい日——あの二人にとっては間違いなくそうだろう。きっと周囲の人々にとっても。

けれど、クローディアにとっては呪いに等しかった。

彼らには、深い思惑などないのかもしれない。何も考えず、世話になった人や親しい間柄に、子供の誕生を知らせただけのつもりである可能性が高い。

だがそれはクローディアが二人にとって知人程度に振り分けられた証拠に他ならなかった。

もはや彼らにとって、クローディアは過去なのだ。終わったこと。水に流し終わった過ぎたこと。

だから祝いの品を、平然と送ってくる。

謝罪などではない。ケイシーとヘレナには、全て解決済みの案件でしかないのだから。

「……っ」

こみ上げたものが怒りか悲しみか、クローディア自身にも分からない。ただ胸が痛くて涙があふれる。

苦しくて背中を丸め、ケイシーからの手紙を握り潰していた。

悔しい。まだこんなにも自分は苦しんでいるのに、まるで顧みられない我が身が哀れだ。

情けなくて、泣くことさえ馬鹿馬鹿しいのに、涙は止まらなかった。

意地でも声を出すものかと押し殺し、いったい自分は何と闘っているのだろう。いっそ泣《な》き喚《わめ》いて、彼らを責めたい。だが、それは無意味だ。

響かない抗議などいくら言葉を尽くしても無駄だし、何より一層惨めになる。みっともなく泣き縋って、手に入るものは一つもない。

——ああ……こんなふうに理性が勝ってしまうところも、私は可愛くないのだわ……

自嘲が、クローディアの口から漏れていた。

感情のまま振る舞うことが自分には難しく、誰もいない部屋の中でさえ取り繕ってしまう。

これでも、今まで色々なことを頑張ってきたつもりだ。教養を身に着け、知性を磨いた。しかしそんなもの、ヘレナの笑顔の前には何の意味もなかった。

欲しかった人の心はこの手を擦り抜け、今あるのは家庭教師という『仕事』だけだ。望んだのは、小さなごく普通の幸せだったのに。

「……もう嫌。……全部忘れたい……」

束《つか》の間《ま》の逃避を求め、クローディアは酒の入った瓶を掴んだ。四苦八苦して栓を開け、漂う香りに顔を顰《しか》める。

プラムケーキよりも強烈な匂いに一瞬怯《ひる》むが、意を決して口をつけた。

いわゆるラッパ飲みである。

勿論、グラスにも注がずこんな暴挙に出たのは生まれて初めてだ。

ゴパッと流れこんできた液体を反射的に飲み下し、直後喉を焼く刺激に噎《む》せ返《かえ》った。

「げはっ、ごほっ、ごほっ」

味なんて全く分からない。ただひたすら、喉と鼻が痛い。先ほどとは違う理由の涙も溢れたが、クローディアは咳《せき》が収まると同時に、もう一度瓶を呷《あお》った。

「うう……げふっ」

口の端からこぼれた滴を手の甲で勇ましく拭い、また飲み続ける。

次第に眼が据わっていったが指摘する人もいないので、クローディアは更に酒を飲む速度を上げた。

「ふんっ……特別な品でしょうけど、ありがたがらず適当に消費してやるわ……」

捨てずにきちんと飲む辺りが律儀なのだが、酔い始めたクローディアには分かるはずもない。

悪態を吐いたことで、少しだけ気分が浮上してくる。

「だいたい、ちょっとは申し訳なさそうにしなさいよ。一応、私は療養に出たことになっているのよ？　療養よ、療養。意味が分かっているのかしら？　どう考えても婚約破棄の件で傷ついて、心を慰めているんじゃないの！」

一人大きな声で笑うと、悩みはちっぽけなものに思えてきた。

そう言えば、ケイシーもヘレナも少々頭が残念だったのだ。

彼らに空気を読むとか気遣いを期待するのは、最初から無理だったのかもしれない。何故なら、衝動と欲で動く生き物だから。理性より性欲が勝る性質だから。

「なぁんだ。別れて正解じゃない！　悪いのは、私じゃなくて不誠実な……」

誰か、不誠実なのはケイシーたちだと慰めてくれた人がいなかっただろうか。ふと、クローディアの記憶の琴線に何かが引っかかった。

優しく抱き締め、『可愛い』『魅力的』だと囁いてくれた気がする。元婚約者など忘れてしまえと熱いキスを――

「んー？」

これ以上はよく思い出せない。ポカポカ温かくて気持ちよかった気がするが、闇の中だ。

クローディアは酒瓶片手に立ちあがり、よろめいてベッドに座りこんだ。

覚束ない足元が面白い。ケラケラ笑い、酒を呷る。飲めば飲むほど、身体が軽くなっていく。対照的に視界は靄《もや》がかかって鮮明さを失ったが、それもまた楽しかった。

プラムケーキを食べた時より、こんなに愉快な気持ちにさせてくれるなんて、憎たらしい記念のお酒にも感謝したい気分だ。

その後もクローディアはグイグイと飲み続け、いつの間にか窓の外は暮れ始めていた。

まだ本の一ページも捲《めく》っていないし、家族への手紙も書いていない。けれどこんな休日も悪くない気がした。

どうせ真面目に生きていても報われないなら、たまにはハメを外してやる。

「私だってやろうと思ったら、すごいことができるのよ……」

お酒だって飲んじゃうもんね、と悪女を気取ってケイシーの手紙を丸め、クローディアは投げて遊びだした。

思ったほど飛ばない。意外につまらなかったので、今度は瓶が入っていた箱を踏みつぶしてみた。

それも期待したほど楽しくなく、酒臭い息を吐くと急に喉の渇きを実感した。

「ミルク……」

ぼんやりとした記憶の中で、前回気分がよくなった時はミルクを口にした気がする。とても美味しかった。あれをまた飲みたい。

クローディアはよたよた起き上がり、キッチンに向かうことにした。だがここで、はたと思い至る。

確かこの家のキッチンは逃げるのだ。自分一人では捕まえられないかもしれない。ならば案内してくれる人が必要である。

「シリル様!」

思い出した。彼がいれば、大丈夫。

クローディアは意気揚々と廊下に出ると、シリルの部屋を目指した。用がないから一度も行ったことはないが、場所は把握している。

同じ階の突き当りが、彼の寝室だ。

もしかしたら不在かもしれないと一瞬思ったが、そんなことは酔っ払いに関係ない。

遠慮なく思いっきり扉をノックし、いつもシリルが返事を待たずにドアを開けるのを真似して、ドアノブを回した。

果たして、彼は部屋の中にいた。

驚愕に眼を見開き、中途半端な姿勢で固まってこちらを凝視していた。

どうやら、今まさにソファで寛ごうとしていたところらしい。その手には、本を持っている。

「うふふふ、見つけました」

「いったい何ごと……うっ、酒臭い……」

開口一番、臭いなんて酷い。クローディアは頬を膨らますと、ズカズカ室内に乱入した。

「キッチンを捕まえてください！」

「……またそれか……いつの間に酒を飲んだんだ」

「今です。でも美味しくありませんでした」

「じゃあ何故、そんなに酔うほど飲んだの？　とりあえず、座りなさい」

正直立っているのも億劫《おっくう》だったので、クローディアはシリルに促されるままソファに腰を下ろした。

「……で？　どうして僕の部屋に来たのかな？」

「喉が渇いたからです」

愚問である。しかし彼の望む答えではなかったらしい。

「他にも選択肢はあると思うけど、あえて男の部屋に一人で来た理由を聞かせてほしかったのだけどね……」

呆れつつ、シリルは紅茶が入ったカップをクローディアの前に置いてくれた。

「少し冷めているけど、まだ口をつけていない。良かったら、どうぞ」

本当はミルクが飲みたかったが、これも悪くない。クローディアはありがたくいただいた。香り高い液体が、喉を通過してゆく。熱すぎない温度が、丁度良かった。

口の中がさっぱりして、欲求が満たされたクローディアはふらつきながら立ちあがる。用事は済んだ。喉の渇きは癒せたし、もうこの部屋に用はない。

「どこに行くの？」

「自分の部屋に帰ります。まだお酒が残っていますから」

じろりと見上げてきた彼に、再び酒を飲むつもりであることを告げると、シリルは眉間に皺を寄せた。

「もう止めた方が良い。そもそもどこから入手したんだ」

「……元婚約者が送ってきました」

答える義務はないのだが、親切にしてもらった手前、クローディアは素直に答えていた。すると、彼は一気に険しい顔立ちになる。

「……は？　詳しく聞こうか」

「赤ちゃんが生まれた記念に作ったお酒なのですって。私にも祝ってもらいたかったらしいです。馬鹿にしてますよねぇ」

今は悲しみより、憤りの方が強い。クローディアは鼻から息を噴き出し、両手を広げておどけてみた。

「逆に私が呪ってもおかしくないと思いませんか？　うふふ」

「……クローディアは、そんなことをしないだろう。それよりも、君は馬鹿な元婚約者の仕打ちで傷つき、酩酊するほど酒を飲んだというわけか。しかも、泣いていたね。眼が赤くなっている」

立ちあがったシリルがクローディアの目尻を撫でた。優しい手つきで目蓋もなぞられ、鼓動が跳ねる。

「気に入らないな。くだらない過去の男が、まだこんなにもクローディアに影響力を持っているなんて」

「影響？」

「どうせ泣くなら、別の理由にしろ」

命令口調で言われ、ゾクリと背筋が震えた。何か落ち着かない心地がし、クローディアは視線をさまよわせる。

急に居心地が悪くなった。いや、眼前の男の気配が変わった。

ヒシヒシと妖しい何かを感じ、思わず一歩後退る。

「部屋に戻ります。お邪魔しました」

「警告しておいたね。次はない――と」

「え……」

僅か一歩で距離を詰められ、次の瞬間クローディアは彼の腕の中にいた。強く抱き締められ、まるで身動きが叶わない。声も出せず、されるがまま包みこまれていた。

「僕の忍耐力を試しているなら、後悔させると言っておいたよね？」

「え、そんなことおっしゃいました……？」

「もう忘れたなんて言い訳は許さない」

横抱きにされ、高くなった目線に慄く。しかし、この高さには見覚えがある。支えてくれる腕の逞しさも、たぶん初めてではない。

「誘ったのは、君だ」

この、甘い台詞にも覚えがあった。

「きゃっ……」

クローディアが運ばれ下ろされた先は、大きなベッドの上だった。

当然、シリルの寝室だ。柔らかな感触を背中に感じ、慌てて起き上がろうとしたクローディアの上に、素早く彼が覆《おお》い被《かぶ》さってくる。

いつもシリルがつけている香りが、クローディアの鼻腔を掠めた。

「我慢の限界だ。これでも僕は自制心が強い方だけど、ここまでされたら踏《ふ》み止《とど》まれない」

「何の話ですか？」

クローディアには、彼が言わんとしていることが理解できなかった。急に部屋まで押しかけて怒らせてしまったのかと考えたが、どうやら違う。

シリルの双眸《そうぼう》に宿るのは、怒りではない。もっと生々しく熱い、別の何かだ。

「一応、君の意思も聞いてあげる。無理やりは好きじゃない。だから本気で嫌なら、僕を突き飛ばして行けばいい」

シャツのボタンを外しながら迫る彼は、眩暈がするほど官能的だった。整えられていない無造作に下ろされた前髪の隙間から覗く瞳が妖しく光り、クローディアを魅了する。

「急に、意味が分かりません」

「僕の中では、急じゃないけどね。可愛くて魅力的なクローディアを、ずっとこうしたいと思っていたから」

「……可愛くて魅力的……本当にそう思っていますか？」

口先だけの言葉でも、面と向かって褒められればやっぱり嬉しかった。

クローディアにとって飢えていた言葉だから、尚更だ。もっと聞きたくなって、シリルをじっと見つめてしまう。

「……そんな眼で見られたら、了承とみなすよ」

「え？　ん、ふ……ぁっ」

始まりの合図は、深いキスだった。最初から荒々しく舌を絡ませ合い、反射的に逃げを打つと、顎を押さえこまれて貪られる。

何度も角度を変え、淫らな水音が奏でられた。

「……はっ……クローディアとのキスは、いつも酒の味がする」

「ん、ゃ……ぁ……」

唇だけでなく、目蓋や鼻先、頬に耳。あらゆるところに口づけられて、クラクラした。合間に鼻を擦り合わせられると、とても親密な関係になった気がする。愛情表現をされた錯覚に、吐息が乱れた。

「そういう無防備で誘う眼、昼間の君からは考えられないな。いったいどちらが本当のクローディアなんだ？」

「知らな……っ、ぁ、あ」

別にどちらも偽りなわけではない。

真面目で現実的な自分も、少しばかり冒険してみたいクローディアも、両方同じだ。ただ、発露が違うだけ。

分けて考えることはできない。けれど、難しい問題など今のクローディアには考える余裕がなかった。

「ひ、ぅっ……」

耳の中に舌を捩《ね》じこまれ、珍妙な声が出てしまった。

音が直接頭の中に響き、湿った感触にゾワゾワする。普段触れられることのない部分に、柔らかな舌の接触は刺激が強すぎた。

「擽ったい……っ」

「掠れた声が、堪らないな……」

ふ、とシリルが微笑む気配が、彼の呼気から感じられた。

衣擦《きぬず》れに視線を上げれば、シャツを脱ぎ捨てたシリルがクローディアを跨《また》ぐ形で見下ろしている。

服を着ていた時には想像もできない引き締まり鍛え上げられた体躯《たいく》に、クローディアは釘付けになった。

しなやかに伸びた腕に、逞しい胸板。そこから続く割れた腹筋。肌はほどよく焼け、陶器のような滑らかさだった。

男性の裸を、まじまじと見たことはない。兄のものでさえ、幼い頃以来だ。

だから、クローディアは非常に驚いていた。

腰は括れていても、女性的なまろやかさがない。全体的に筋張っていて固く、ありありと性差を突きつけてきたからだ。

「――あまりじっくり見ないでほしいな。穴が開きそうだ」

咎められても、興味は尽きない。

クローディアは欲求の赴くまま、彼の胸元を撫でていた。思った通りすべすべでありながら、筋肉の張りや脈動を感じる。

気持ちの良い触り心地に満足して、にんまりと微笑んだ。

「……っ、まったく……油断のならない小悪魔だ。何も知らない振りをして、とんでもない攻撃を仕掛けてくる」

シリルの肌を堪能していた右手を取られ、クローディアは不満に口を尖らせた。

もっと触りたかったのに、どうして邪魔をするのだ。

「ほら、腰を浮かせて。素直にしていたら、触らせてあげる」

「本当ですか？」

ならば異論はない。

クローディアは彼に促されて体勢を変え、されるがまま服を脱がされていた。

「……あれ？　私はシリル様に触れたいのに、何故私が脱いでいるのでしょう？」

下着に彼の手がかかり、流石にクローディアの中に疑問がよぎった。裸になる必要はないはずだ。そもそも寒い。

「不公平だと思わないか？　僕だけが肌を晒して、君は着こんでいるなんて、狡いだろう」

「なるほど。公平でないのはいけません」

片方にだけ負担がかかるのはよろしくない。どちらか一方に重荷を背負わせることは、クローディアが嫌いなことでもある。

だとすればシリルの言うことが正しいのだろう。

酒に侵食された脳が納得し、クローディアは『では寒さを解消するにはどうすればいいか』という建設的な思考に移行した。

「そうだわ。くっついていれば、解決します」

人肌は、温かい。クローディアは最高の解決策を思いつき、実行する。つまり、彼に抱きついたのである。裸の状態で。

「……！　積極的なのは嬉しいが、唐突すぎて心臓に悪いな……」

ぴったり身を寄せ合っていると、お互いの体温が行き来する。硬い皮膚の感触も心地《ここち》好《よ》い。

クローディアよりずっと大きな身体に包まれていると、とても安心した。

裸身を隠してくれるものは何もないのに、心細さは微塵も感じない。

「気持ちが良いです……」

「これだけで満足されたら、僕は辛い」

少しだけ憮然《ぶぜん》とした声を漏らしたシリルの手が、クローディアの脇腹から太腿へと撫で下ろされた。触れるか触れないかの淡い接触が、余計に肌を敏感にする。

もどかしさも相まって、クローディアの下腹に疼きが走った。

「ふっ……」

「可愛い声。我慢しないで、もっと聞かせて」

「駄目です……だって、何かいやらしい……」

「いやらしいことをしているから、素直なだけだ」

ならば恥ずかしいことではないのか。視線で問えば、彼は口づけで答えてくれた。

クローディアの嬌声《きょうせい》を促すように、舌先で唇をこじ開けられる。喰いしばっていた歯も開かれ、合せた唇の狭間から淫らな声が漏れてしまった。

「あ、ふ……ぁん」

シリルとのキスは好きだ。夢中になっている間に、彼の手が胸の飾りへ移動する。

誰にも触れられたことのない果実は、既に赤く色づいていた。

「すっかり熟している。早く食べてほしいと強請《ねだ》られているみたいだ」

「はぅっ……ぁ、あ……」

シリルの口内に含まれた頂きを転がされ、クローディアはいよいよ声が抑えられなくなった。

未知の感覚が体内で燻《くすぶ》っている。もじもじと両脚を擦り合わせれば、彼が乳首を含んだまま小さく笑った。

「焦らないで。順番だ。ちゃんと全部、可愛がってあげるから」

「ひゃ……っ、そこで話さないで……！」

唾液で濡《ぬ》れているせいか空気の流れに過敏になり、シリルが喋る振動が響いて時折掠める歯の硬さにも官能が煽られる。

身悶《みもだ》え揺れた乳房を揉まれ、クローディアは髪を振り乱した。

「んっ、ぁ」

「綺麗な肌だ。手触りが良くて、ずっと触れていたくなる」

下から掬《すく》い上《あ》げられ、揺らされる。頂きを摘まれると、指先まで痺《しび》れていった。

「……あ、ゃあ……私も」

彼に触りたい。だがいざ手を伸ばそうとすると、深く指を繋がれシーツに張りつけられてしまった。

「狡いです。触っていいと言ったじゃありませんか。騙したのですか？」

「騙していないよ。何も触れるのは手だけとは限らない。ほら、こんなふうに」

「うあッ……」

体重をかけないように自ら身体を支えながら、シリルが倒した上半身を密着させてきた。そのままゆったり上下して、素肌を擦り合わせる。

おかげで、膨れて鋭敏になったクローディアの胸の飾りが摩擦された。

彼の胸板に潰され、筋肉の凹凸に弄ばれる。痛みを感じないのは、滲《にじ》んだ汗が丁度いい潤滑油になっているからだ。

「あ……あ、嫌だぁっ……」

掻痒感《そうようかん》と羞恥で涙が滲んだ。

淫靡な水音が微かに奏でられ、余計に背徳感を強調する。

本来夫にのみ許すべきことを、どうして自分は受け入れてしまっているのだろう。

しかし浮かんだ疑念は、瞬く間に霧散してしまった。

これまでクローディアを縛りつけてきた『常識』や『貞操感』を軽々と凌駕《りょうが》する興奮が、理性を押さえこむ。

自分一人では絶対に乗り越えられない壁の向こうに、シリルならば連れて行ってくれる気がした。しかも、彼が相手ならば怖くない。シリルならクローディアを塵のように捨てはしない。

根拠はないが、そう思えた。

「眼を閉じないで。こっちを見なさい」

優しい命令に、拒む気持ちは生まれなかった。

開いた視界の中に、涼やかな水色の瞳が映る。そこに浮かぶ情欲に、クローディア自身も昂《たか》ぶりを感じた。

元婚約者だったケイシーでさえ、こんな眼でクローディアを見つめてくれたことなどない。渇望と情熱が入り混じった飢えた男の眼差しに、ひどく喉が渇いてくる。

こくりと上下した首筋を彼に噛みつかれ、クローディアは背を仰け反らせた。

丸まった爪先がシーツに皺を刻む。

「このまま、食べてしまいたい。そうすれば、全部僕のものだ」

「や……食べては、駄目です。痛いのは嫌いです」

「ものの例えだよ。本音は、クローディアの中から他の男の影を消し去りたい。……君は今でも、元婚約者とやらに囚われているだろう?　面白くない」

自棄酒《やけざけ》する程度には傷が癒えていないのだから否定するつもりはないけれど、シリルに詰《なじ》られるのは解せない。

「まぁいい。僕も卑怯であることは自覚している。こうして判断力が鈍っている君を手に入れようとしているのだから」

「んっ」

彼の手がクローディアの内腿《うちもも》を滑り、柔らかな肉に指が沈む。弾力を楽しむ動きで、何度も硬い指先が上下した。

愉悦がふつふつと湧き上がる。

少しずつ、けれど確実に上を目指すシリルの手が、クローディアの脚の付け根へと近づいてゆく。指先が繁《しげ》みを掠め、太腿が震えた。

「そこは……っ」

「力を抜いて」

耳から注がれる美声に抗えず、クローディアは強張っていた膝を緩めた。すると彼の手が秘めるべき場所へ到達する。

誰にも許したことのない花弁を辿られ、腰が戦慄《わなな》く。体感したことのない痺れが、腹の奥に生まれていった。

「硬いな……慎《つつ》ましい入り口だ」

どこか嬉しそうに、シリルが感嘆を漏らした。

壊れ物を扱う繊細さで縁を撫でられ、眩暈がする。のぼせたかのごとく頭はぼうっとしていた。

全身が熱を孕み、噴き出す隙を狙っている。吐き出さなければ、身体の内側から燃えてしまいそうで、クローディアは深く息を吐いた。

「汚い、ですから……」

「どこが？　とても綺麗だ」

「……やっ」

外側をなぞっていただけの指先が、秘唇を開いた。

あらぬ場所に外気を感じ、クローディアは硬直する。彼の視線が注がれていることを察し、全身が沸騰しそうになった。

自分は今、とんでもなく淫らでふしだらなことをしている。

一糸まとわぬ姿で膝を立て、脚を開き、夫でもない男性に隠すべき卑猥な園を見せつけているのだ。考えるだけで、叫びだしたくなる。

しかし現実には、次はシリルに何をされるのか、期待を孕んだ眼で見あげていた。

「震えている。大胆なのか初心なのか、判断が難しいな。そこも君の魅力だが……ああ、僕は完全にクローディアの虜になったらしい」

「あっ……あ、あ」

何物も受け入れたことのない隘路《あいろ》は、指一本でも苦しい。違和感に怯え、ずり上がって逃げようとしたクローディアは、逞しい腕に引き戻されていた。

「怖がるな」

宥《なだ》めるキスを額に落とされ、再び彼が乳房に吸いついてくる。

舌先で飾りを転がされ、意識がそちらに奪われる。すると無防備になった肉洞へ、指の侵入を許してしまった。

「あ、……ぁんッ」

身体の内側を探られる感覚に、なかなか慣れることは難しい。硬く閉じた入り口は、ピリピリとした痛みを運んで来た。

「……う、っく……」

「辛い？　だけど、顰めた顔も可愛いな……涙ぐんだ様子がゾクゾクする……」

泥濘《ぬかるみ》から一度指を抜いたシリルは、クローディアに見せつけるように濡れた自身の指先を舐めた。赤い舌が、艶めかしく中指に這《は》わされる。

視線が絡まり、瞬きすらできない。

囚われた眼差しは、余すことなく彼の仕草を眼に焼きつけていた。

「硬い蕾《つぼみ》は、もっと優しく綻ばせなきゃいけないな」

「あっ……駄目っ」

膝裏を掴まれ、クローディアは大きく脚を開かれた。尻が敷布から浮き上がり、淫靡な体勢を強要される。不安定な肩で支える姿勢のせいで、碌《ろく》に身動きはとれなかった。

何も隔てるものがない状況で、最も恥ずかしい場所をシリルに視姦されている。その事実が余計にクローディアの体温を上昇させた。

「やぁ……っ」

「赤らんできた。見られて、興奮している？」

恥ずかしいと思うほど、ジクジクと疼きが大きくなる。今や下腹には、耐え難いほどの熱がこもっていた。

「やめてください……っ」

「却下。そういう台詞を可愛らしい顔と声で言うのは、逆効果だと覚えておいた方が良い」

クローディアは羞恥の限界を感じ両手で自分の顔を覆ったが、直後に後悔した。

視界を遮断した瞬間、内腿に柔らかな髪の感触がしたからだ。

「……えっ」

さらさらと、淡い色味の金糸が太腿を擽っている。クローディアの両脚は開かれたまま。

その間に、彼の頭が潜りこんでいた。

「シリル様……っ？」

裸体を見られるのも、触られるのも恥ずかしい。しかし至近距離でとんでもない場所を覗きこまれることに比べれば、どうということもなかった。

「嫌っ」

「暴れるな」

「ひ、ぁうッ」

尖らせた舌先に敏感な花芯を突かれ、たったそれだけで、脳天へ鋭い刺激が駆け抜ける。甘い責苦から逃亡しようにも、両腿をしっかり掴まれているせいで叶わなかった。真上から男の力で押さえこまれてしまえば、非力なクローディアにできることは少ない。

無防備に晒された卑猥な芽へ施される愛撫を、甘受するより他になかった。

「ふ、ぁあ……ぁッ、あ」

身体の奥から、何かが滲《にじ》み出してくる。爪先が丸まり、空中で踊った。

快楽が強すぎて、辛いのか気持ちがいいのか分からない。彼の舌が蠢く度に、次々と法悦が押し寄せた。

「あ、ひッ……く、ぁあ……っ」

頤《おとがい》を仰け反らせ、シーツに爪を立てて身悶える。普段厳しく己を律しているクローディアからは考えられないほど、淫猥《いんわい》な仕草だった。

汗に塗れた身をくねらせ、潤んだ瞳を瞬かせる。キスのし過ぎで唇は腫れぼったくなり、全身が赤く染まっていた。中でも、淫らな花弁は真っ赤に熟れている。

その全てをシリルに見られているとは露ほどにも思わず、クローディアは甘い声で鳴いた。

何かが、来る。恐ろしい波の気配がする。

きっとそれを味わってしまえば、もう戻れない。

「あぁ……シリル様、何か変になってしまいます……！」

「どうぞ。好きなだけイけばいい」

「い、いく……？」

首を傾げるクローディアに、彼は一度顔を上げた。

「本当に何も知らないのだな。それでこんなにも誘惑の手管を知っているなんて……君が元婚約者に手出しさせなかったことを、心から感謝するよ。今のクローディアの愛らしさを見たら、絶対に手放そうなんて思わなかったはずだ」

「……？　おっしゃる意味が、分かりません」

「分からなくていい。どちらにしても、今日から君は僕のものだ。たとえ明日の朝全て忘れてしまってもね」

再び花芽に吸いつかれ、クローディアは思考力を放棄した。

くちゅくちゅと淫らな音が鼓膜を叩く。肉厚の舌に押し潰され、敏感な芽は快楽を追うだけになり果てていた。

「んぁッ……や、あぅっ……」

時に唇で食まれ、舌先で弾《はじ》かれ、シリルの口内で弄ばれる。何をされても気持ちが良い。痛みを感じない絶妙の力加減で、淫悦を引き出されてゆく。

いつしかクローディアの腰は逃げるためではなく浮き上がり、淫らに揺れていた。

「ぁあ……っ、も、駄目……っ」

ひくひくと指先が引き攣った。どんどん熱が蓄積される。限界がもう近い。

呼吸が乱れ、心臓が加速してゆく。駆け上がる速度が増していった。

「イきなさい」

「っあぁぁ……！」

淫らな蕾を舌全体で強く圧迫され、クローディアの世界は飽和した。一気に全身がこわばって、何度も痙攣《けいれん》する。

音も光も、全てが遠退いた。

あるのは鮮烈な快楽だけ。いやらしくて不適切な、悦《よろこ》びだけだった。

「……上手に達したな。よくできました」

余韻に息を荒げるクローディアの頭を、彼が撫でてくれた。教師の自分が生徒のように褒められるなんて、奇妙な話だ。

クローディアが疲労感からとろりとした眼差しを向ければ、シリルは微笑み返してくれる。彼の優しい笑顔は嫌いじゃない。ドキリとさせられるから落ち着かなくなるが、どこか安心させてくれるものでもあるからだ。

ただ今は、肉食獣に狙われた獣の心地になった。

激しい焔《ほのお》が、水色の瞳の中で燃え盛っている。クローディアをひたと見据えた双眸が、渇望を訴えていた。

「あ……」

「まだ終わりじゃない。今夜は逃がしてあげない」

囁きだけで酔いが回る。乱れた呼気は、艶めいた声になって漏れた。

「ふ、ぁ、あっ……」

濡れそぼつ花弁に硬い何かが宛《あて》がわれ、その切っ先が快楽に膨れた淫芽を上下に嬲《なぶ》る。クローディアから溢れた蜜を掬《すく》い取り、塗り広げるような動きが気持ちいい。

舌とはまた違う刺激に新しい喜悦が呼び起こされた。

「まだきついな……」

言うなり、シリルは指をクローディアの隘路に潜りこませた。先ほどよりはすんなり受け入れることができ、痛みはない。むしろ淡い快楽さえあった。

「んんっ……」

「さっきとは声が違うね。それじゃ、もう一本大丈夫かな」

「……あッ」

内壁を二本の指で擦られ、官能が引《ひ》き摺《ず》り出される。粘膜を掻《か》き回される感覚は、堪らなく淫靡で中毒性があった。

「ぅあ……ぁ、あっ……」

「もう内側でも感じられるなんて、クローディアは覚えがいい。まったく、こんな身体をしてよくも今まで無垢でいられたものだ。それとも自分で慰めていた？」

「そんな淫らなこと、しません……っ」

彼の辱める言葉に反応し、クローディアの胎内がきゅうっと収縮した。

平素であればこんな酷いことを言われれば、怒り以外に何も湧かないだろう。だが今は、快楽の糧にしかならなかった。

シリルの声で囁かれるだけで、理性はどんどん削がれてゆく。端からなけなしだったものが、今は完全に薄れていた。

彼が与えてくれる新鮮な刺激に囚われ、夢中になる。正しくなくても構わない。感情と欲求の赴くまま、好きなように行動してみたかった。

「真面目なクローディアは、しないだろうな。きっと伝統にのっとって、清く正しく純潔を守っていたと想像できるよ。――そんな君が酔って冷静な判断ができないとは言え、身を任せてくれたことに、少しは自惚《うぬぼ》れても良いのかな……?」

「ふ、ぁあッ……」

返事は、肉洞のある一点を探られたことで、できなかった。

そこは掠めただけで声が堪えられなくなる。勝手に腰が跳ね、全身に新たな汗が噴き出した。

「そこっ……嫌ぁッ……」

「ああ、ここか。じゃあ念入りに解《ほぐ》しておこう」

「ひぁっ、やぁああっ」

じゅぷじゅぷと粘着質な水音が掻《か》き出される。荒々しくクローディアの内部を穿《うが》つ指は、いつしか三本に増やされていた。

「や、やめッ……ぁ、あ……また変になっちゃう……っ」

「何度でもどうぞ。この後は少し我慢してもらわなければならないから、今の内に充分感じておいてほしい」

「あぁあ、ァあ……ッ」

ビクリとクローディアは身体を跳ね上げた。紅潮した肌を、汗と愛蜜が滴り落ちる。

「……もっと時間をかけたかったが、そろそろ限界だ」

ぐったりと弛緩《しかん》したクローディアにシリルが覆い被さってきた。脚の付け根に、指よりも太く硬いものが押しつけられる。

「……？」

確かめようとしてクローディアが頭を起こすと、軽くおでこを押され拒まれた。

「見ない方がいい。それはまた、次の機会に取っておこう」

「何故……う、あっ」

棒状のものに閉じた入り口をこじ開けられる。とても容量が合わないと思われる大きさに、クローディアは恐《おそ》れ戦《おのの》いた。

「やぁあッ……」

苦しくて、痛い。灼熱《しやくねつ》の杭《くい》で、腹の中を焼かれているみたいだ。身体の内側から引き裂かれる激痛が、クローディアを苛《さいな》んでゆく。

「や、やめっ……」

「力を、抜いて」

「無理、ですっ……」

全身がこわばって、息も吸えない。

これ以上はやめてと訴えても、彼は容赦なく腰を突き入れてきた。

少しずつ、だが着実に二人の距離が縮み、クローディアの苦痛は酷くなる。先ほどまでの喜悦は、完全に消《き》え失《う》せていた。あるのは圧倒的な違和感と痛みだけだ。

「大きくて、壊れ……ちゃう、から……っ」

「……褒め言葉として、受け取っておく。まったく君は……無意識に僕を煽《あお》る」

どうしてか、シリルの質量が増した。ただでさえ一杯だった隘路が、更に押し広げられる。

今や寸分の隙間もない。

彼の屹立《きつりつ》で、クローディアの内壁は隈《くま》なく擦りあげられていた。

やがて、二人の腰がぴたりと重なる。

これがどういう意味を持つのか、分からないほどクローディアも無知ではない。これでも一応は、間もなく嫁ぐ身だったのだ。一通りの花嫁教育は受けている。

勿論、男女の営みについても。

——私、純潔を失ってしまった……

貴族の令嬢にとって、これは大問題だ。今後誰かと結婚することがあれば、自分だけではなく家にとっても障害になる。

婚前交渉など愚かであると、嫌と言うほどクローディアは理解していた。だからこそたとえ婚約者であっても、正式に婚姻するまでケイシーに身体を許さなかったのだ。

それなのにシリルにはあっさり身を任せてしまった。自分でも驚いている。

しかし、軽はずみな行動をしてしまった反省はしていたが、後悔はしていなかった。

下腹からジンジンと痛みと痺れが広がってゆく。内臓が圧迫されているみたいで苦しい。けれどそれ以上に、達成感のような喜びがあった。

「……大丈夫か？」

掠れた声で彼に問われ、艶めいたその声音にキュンとクローディアの奥が疼いた。

「大丈夫では、ありませんっ……痛いです」

傷口を抉られる激痛は、相変わらず居座っている。呼吸するだけでも響いて辛い。

それなのにシリルは、蕩けそうな甘い笑みでこちらを見つめていた。

「手に入れた。僕のものだ。もう元婚約者のことなんて欠片も考えられないようにしてやる」

顔中にキスをされ、ほんの少しだけ気が紛れる。菓子よりも甘やかな口づけに誘われ舌を絡めれば、尚更痛苦は薄らいでいった。

「クローディアは、キスが好きだね」

「んっ……好き……気持ちいい……」

「いつもこれくらい素直でも良いのに……だけど、落差が堪らないのかもしれない」

深く貪り合う口づけは、息継ぎが下手なせいでクラクラする。

クローディアが酸欠になる寸前、シリルはやっと唇を解放してくれた。

「誰も知らない君の顔を知っているかと思えば、最高の気分だ。――動くよ」

「……っ、ひぁッ」

体内を占めていた長大なものが、完全に抜け出る寸前再び押しこまれた。最初はクローディアの中を楽しむようにゆっくりと。だが次第に彼は速度を上げ始めた。

「あッ、ぁあ……やぁッ……」

ずちゅずちゅと聞くに堪えない水音が室内に響き渡る。

脚を抱えられたクローディアは揺さぶられ、肉を打たれる度に自分を覆う殻が剥《は》がれていく錯覚を抱いた。

硬く異物を拒んでいた蜜壷が、内側に収められたシリルの剛直を締めつける。排除するためではなく、悦びを持って迎え入れるために。

「ぁ、あ、あぁッ」

「僕らは相性が良い。最初から中で感じられる女性は、あまりいないよ。それとも、君が一際淫奔なのかな?」

「やぁッ……」

清く正しく生きてきた自分が、淫らであるはずはない。クローディアは猛抗議したかったが、快楽を得ているのは事実だった。

彼の肉茎に穿たれて、淫靡な悲鳴を迸《ほとばし》らせる。奥へ突き入れられたまま腰を回されると、堪らない愉悦が弾けた。

眼の前が白く染まり、頭には幾つもの閃光《せんこう》が走る。

「んぁアッ……ぁ、あ」

「……くっ、本当に相性が良いらしい……油断すると、すぐに持っていかれそうだ」

余裕のない言葉を漏らしたシリルに花芯を捏《こ》ねられ、クローディアは達した。その最中にも荒々しく穿たれ、再び絶頂へ押し上げられる。

「ああ……ッ」

媚肉を掻き回され、激しく全身を痙攣させた。

ビクビクと手足が勝手に踊る。彼にがっちりと固定された下肢だけが逃れることを許されず、シリルの律動を全て受け止めさせられていた。

「……っ」

彼が叩きこんだ怒張が脈打ち、質量を増す。

すっかりシリルの形に馴染《なじ》み始めていたクローディアの内側は、生々しくそれを伝えてきた。

そして――

「あぁあ……っ」

欲望が弾けた。身体の奥に、熱い飛沫《しぶき》がぶちまけられる。生まれて初めて知る体内を濡らされる感覚に、クローディアは再度達した。

「あ……ぁ、あ……嘘……中に……」

「……酒のせいにして逃げるなんて許さない」

どこか昏さを孕んだ彼の言葉は、眠りの中に転がりこむクローディアの耳に届くことはなかった。

第三章　酔いが醒めても

頭が痛い。喉も痛い。

クローディアは不快な目覚めに顔を顰めた。

目蓋を透過する光は、夜明けを示している。そろそろベッドから起き上がらなければならない。しかし、身体が怠《だる》い。節々にも痛みがあった。

――風邪でもひいたのかしら……

だとすれば今日は厚着しておこう。それから授業道具を揃えて――と考えたクローディアは、不意に奇妙な違和感に気がついた。

まず、今自分が横になっているベッドがとても寝心地が良い。

自室に置かれているものも決して粗末な品ではなかったが、ここまで柔らかく広くはなかったはずだ。

そして、どうにも身体が心許《こころもと》ない。

クローディアは眼を閉じたまま、恐る恐る自分の身体に触れた。

「……っ？」

寝衣の感触がない。と言うか、あるべき布を全く纏っていない。下着さえ履いておらず、つまり全裸である。

──な、何故っ？　私ったら、また寝惚けて忘れてしまったの……っ？

ちょっとボンヤリしていたどころの騒ぎではない。服を脱ぎ捨て眠るなんて、これはもはや、夢遊病の範疇だ。

しかもここは、たぶんクローディアの部屋ではなかった。

確かめるのは怖い。だが、ずっと現実を拒否するわけにもいかない。

クローディアは身体を起こし、ゆっくりと眼を開いた。

「……どこ、ここ……」

全く見知らぬ部屋に、困惑する。何度眼を擦ってみても、見覚えは全くなかった。

青を基調にした室内は清潔感に溢れ、無駄がない。広くて天井が高く広々とした中に、天蓋付きのベッドが存在感を放っている。今現在、クローディアが横になっているベッドだ。

華美な装飾は避けられ、趣味の良い家具が配されており、とても心安らぐ空間だった。

そして、とても良い香りが漂っている。どこかで嗅いだ覚えのある、爽やかな──

「眼が覚めた？」

聞き覚えのある声。

だが、ここで耳にするはずのない――してはいけない声でもあった。

クローディアは油の切れた歯車のように、ぎこちなく振り返る。

「だいぶ無理をさせてしまった。身体は大丈夫？　まだ朝早いから、もう少しゆっくり休むといい」

「シリル様っ……」

予想通りであると同時に違うと信じたかった姿がそこに立っていた。

手には茶器を乗せた盆を持ち、トラウザーズを履きシャツを羽織っただけの格好で。

「な、何故貴方がここにっ……それにボタンを留めてくださいっ」

「何故って、ここは僕の部屋だし、裸じゃなかっただけ、マシだと思うが」

シリルは正に『シャツを羽織っただけ』の状態で、胸から腹にかけて全く隠されていない。前が全開になったシャツからは胸や見事に割れた腹筋、臍《へそ》が覗いていた。

「マシではありませ……え？　シリル様の部屋？」

クローディアはヘイスティング侯爵家に住みこみで働いてはいるが、出入りする場所は決まっている。主に自室と子供部屋。それと図書室などの共有部だけである。

他には用がないから、脚を向けたことさえない。中でも侯爵家家族の私室には、エリノーラの部屋以外、一切近づいたこともなかった。

「な、な、何故」

「この状況で、分かりきったことを聞くかい？　案外、順応力は低いね。そこも可愛いが」

彼の『この状況』という言葉に、改めてクローディアは視線をさまよわせた。猛然と頭を働かせ、現状を認識しようと努める。

時刻は早朝。場所はシリルの寝室。彼はいかにも寝起きの姿をしている。髪は無造作に下ろされたままで、どこか気だるげだ。

そこはかとなく色香がだだ漏れている気がするが、主観による印象は見間違いということにする。

そして自分は裸。

クローディアは胸元を掛布で隠し、一つの結論に辿り着いていた。

だが信じたくない。絶対に認められない。

その答えを受け入れてしまえば、身の破滅だ。クローディアは自らの身体を抱き、別の可能性を死に物狂いで模索した。

「わ、私ったら寝惚けて部屋を間違えてしまいましたか……？」

身じろいだ拍子に、脚の付け根に痛みが走る。そして、腹の奥から何かが滲み出す感覚があった。

「えっ……？」

「ああ、できるだけ拭ったけれど、中に出したものが溢れてきたかな」

太腿を伝う液体に戸惑うクローディアへ、シリルは事もなげに告げた。

「中に……出した……？」

「湯を浴びるか？」

カップに注いだ紅茶を差し出した彼が言う。違う。欲しいのはそんな言葉ではない。

「どっ、なっ、えっ」

「落ち着け。何を言っているか分からない」

混乱しつつ、クローディアはカップを受け取ってしまった。紅茶の良い香りが鼻腔を擽る。わけの分からない状況には相応《ふさわ》しくない、香《かぐわ》しい芳香だ。

「とりあえず、飲むといい。夜通し喘《あえ》いだから、喉が渇いただろう」

「喘いっ……」

とんでもない台詞に、衝撃を受けた。

もう、何をどう無理やり解釈しても、現実を捻《ね》じ曲《ま》げることはできない。残酷なまでに状況証拠が語ることは一つだけだ。

貴族令嬢としても、家庭教師としても、やってはいけない重罪を犯してしまった。

クローディアが呆然とベッドの上で座りこんでいると、彼は自分のお茶に口をつけ、じっとこちらを窺ってきた。

「昨夜のことを覚えているか？」

「……いいえ」

頭の中は真っ白だ。思い出そうとして記憶を掘り返しても、ケイシーからの手紙に憤った後が判然としない。確か同封されていた記念の酒を飲んで――

「大酔っ払いの君は、僕の部屋に押しかけてきた」

「嘘です！」

願望が声になって迸る。嘘であれば、どんなに良かったか。

「では、僕が前後不覚の君を自分の部屋に引きこんで襲ったとでも？」

「それは……」

たぶんない。

遊び人として名が知れたシリルだが、女性に不自由しないだろうし、嫌がる相手に無理強いするとも思えなかった。

そもそも家庭教師は、ある意味『タブーの女』だ。ただの使用人に手をつけるのとは話が違う。困窮している者がほとんどとは言え、身分はレディ。

簡単につまみ食いして捨てるには、外聞が悪すぎる。故に、どこの家でも間違いが起こらぬよう、容姿の優れた者を避けるのだ。

「端的に説明すれば、昨晩君はここへ乱入してきた。そうして僕と肌を重ねた。忠告したはずだ。次はないと」

「で、でも私がそんなっ……」

「本当に、何一つ覚えていないのか？」

澄んだ水色の瞳に見据えられ、クローディアの鼓動が大きく跳ねた。

朝の彼は、乱れた服装も相まってひどく官能的だ。情事の名残を感じさせる気配に、クローディアの下腹が疼く。

近すぎる距離が落ち着かない。しかしもっと至近距離でシリルの眼差しを受けとめたことがあった気がする。

鼻が触れるほど近くで、情欲の灯《とも》った熱い双眸を——

「……っぁ」

「思い出した？」

意地悪く笑った彼が、クローディアの頬に触れた。乱れた髪を梳《す》き、口づけをし、カップを傍らのテーブルに置く。

「んんっ……」

挨拶ではないキスなど、知らない。そのはずなのに、どうして自分は自然に鼻で息をすることを知っているのか。どこか慣れた仕草で、シリルの舌に応えていた。

「……ん、っく……駄目っ」

思い切り彼を突き飛ばし、クローディアは顔を背けた。あまりの気持ちよさに流されそうになっていた己を叩きのめしたい。

「つれないな。昨夜はあんなに喜んでくれたのに。キスが好きだと言ってくれたじゃないか」

「私が……っ？」

とても信じられない。

恋人でも、婚約者でも夫でもない相手に何を言っているんだ。いや、もはや言ったどころの騒ぎではない。何をしでかしているのか気が遠くなってきた。

どうすればこの窮地《きゅうち》を脱せるのか、全く分からない。

家庭教師の職は完全に失うだろう。紹介者である叔母にも迷惑がかかる。ひょっとしたら身分を偽ったせいで、オルグレン男爵家にも咎が及ぶかもしれない。

そしてクローディアは身持ちの悪い馬鹿娘として、社交界の笑い者まっしぐらだ。

婚約者に捨てられ、頭がおかしい淫乱になったと嘲られる未来に眩暈がした。

「どうしたら……っ、秘密を守っていただけますかっ……」

屈辱的だが、もうこの手しかない。頼みこみ、なかったことにしてもらう。

幸いこの時間なら、誰の眼にも触れずクローディアは自室に戻れるだろう。昨夜シリルの寝室であったことを知る者は他にいない。

つまり、当事者である二人が口を噤めば、全ては闇に葬り去れるのだ。

「――どういう意味だ」

低くなった彼の声に気圧《けお》され、クローディアは裸の尻で後退った。

「シリル様にとっても、不名誉なことですよね。ですからこの場限りでお互いに忘れませんか」

双方、利がある取引だと思う。しかし彼はむっつりと黙りこんだ。

「あの、お怒りはごもっともだと思います。ですが、私も失った代償は小さくありません。どうか痛み分けとして流していただけませんか……っ！」

純潔を失ったことを嘆くのは後で良い。とにかく今を乗り切らねば明日はない。

自分の肩にアリステリアと両親の行く末もかかっているのをヒシヒシと感じ、クローディアは涙目で懇願した。

「――つまり、僕たちの間にあったことを全部忘れろと言いたいのか」

話が早くて助かった。クローディアはコクコクと頷き身を乗り出す。

「へぇ……忘れられることは想定の範囲内だったが、まさか要求されるとは思わなかったな」

シリルの笑顔が怖い。笑っているのに、眼が完全に据わっている。

クローディアが口の端を引き攣らせていると、彼の手が身体を隠していた掛布を奪い取っていった。

「きゃっ……」

「忘れられると思うのか？　あんなに情熱的に抱き合ったのに」

「やっ……」

押し倒され、見上げた景色には覚えがあった。

乱れる呼吸と、激しく揺さぶられた身体。汗まみれになりながら、絡まり合った淫らな時間――それらの記憶がどっとクローディアの脳裏を埋め尽くした。

「もう一度、刻みこんであげる。今度こそ、忘れた振りもできないように」

「駄目っ……」

シリルの手が素早くクローディアの内腿に忍びこんだ。避ける間もなく、繁みの奥に触れられる。

「まだ濡れている。これでも、なかったことにできると思っている？」

「触らないでください……」

自分でも、弱々しい抵抗であることは承知していた。頭は拒否していても、身体はちゃんと覚えている。

彼が与えてくれた快楽が、クローディアの中でまだ燻っていた。

「ふ、ぁんっ」

「ほら、聞こえる？　いやらしい音がしている。僕が放ったものもあるけれど、どんどん新しい蜜が奥から溢れてくるよ」

くちくちと花弁を掻き回され、クローディアの身体から力が抜ける。

もう一度シリルを突き飛ばして逃げればいい。理性は退路を探っていても、すっかり淫悦に慣らされた肉体は自由にならなかった。

内側で曲げられた彼の指が、敏感な場所を擦りあげる。クローディアが反応せずにいられないところは、すっかりシリルに暴かれ躾《しつ》けられていた。

「んんっ……指、やぁ……っ」

「舐めてほしいというおねだりかな」

「違っ……ひぅッ」

ぐりっと花芯を潰され、喜悦が弾けた。息が苦しい。快楽も過ぎれば毒だ。ましてクローディアは昨日純潔を散らされたばかりで、身体はもう限界だった。

「まだ時間はある。じっくり思い出せばいい」

「待ってください……無理です。あの、……その、痛くて……」

どこがとは言えず言《い》い淀《よど》む。

傷ついた粘膜は、まだ熱を持ってジクジクと痛む。昨日の激痛を思い出し、どうしても逃げ腰になってしまう。

またあの苦痛を味わうのかと思うと、クローディアは涙目になっていた。

「心配しなくても、破瓜《はか》したばかりの君に無理をさせる気はない。そこまで僕は鬼畜じゃないつもりだよ。……まぁ、昨夜は少し、加減がきかなかったけど……」

胸の頂きを摘ままれ、肌が粟立った。優しく親指で擦られると、淡い愉悦が生まれてゆく。

「素直な身体だな。堪らない」

シャツを脱ぎ捨てた彼は、朝の光の下で見ると、非の打ち所がないほど美しかった。つい見惚れかけ、クローディアは慌てて両腕を突っぱねる。

「待ってください、こんなことは間違っています。私は、シリル様の遊び相手になるつもりはありません！」

「……遊び相手？　……なるほど。とことん僕を対象外だと言いたいらしい。——そんなに元婚約者が好きだったのか」

「え？　ケイシー様のことですか……？」

昨日までは割り切ったつもりでも、囚われていた。だからこそ無茶《むちゃ》な飲み方をして今の事態に陥ったのだ。

しかし何故だろう。今朝はもうどうでもいい。

ケイシーのことなど、この瞬間まですっかり頭から抜け落ちていた。手紙のことは思い出していたが、彼の存在自体忘れていたと言っても過言ではない。

いやに清々しく、胸のうちがスッキリしていた。もっと衝撃的なことが、巻き起こっているからかもしれない。

「別に……」

「いや、やっぱり聞きたくない。」

ふいっと顔を逸らした彼は、クローディアの上から退いた。そして深い溜め息を吐き出す。

「クローディアの口から他の男の話を聞いても、不愉快になるだけだ」

よく分からないが、こちらもシリルに機嫌を損ねられても困る。大人しくこの話題は打ち切った。

「――とりあえず、君の言わんとすることは分かった。だが、受け入れる気はない」

「そんな……っ」

では不適切な関係を白日の下に晒され、実家に帰されるのか。

クローディアは失望し落胆する両親を想い描き、絶望感を味わった。これ以上彼らに不出来な娘だと思われるのは耐え難い。

クローディアが婚約破棄されただけでも、きっと社交界で肩身が狭い思いをしているだろう。これからは更に頭と股が緩い娘を持っていると周囲に嘲笑されてしまうのかと考え、本当に申し訳なくて泣けてくる。

「せ、せめて叔母……アリステリアさんに責任を問わないでいただけませんか」

「……何の話だ?」

「私をクビにするのですよね……?」

のそのそと起き上がり、クローディアはベッドの下に散らばっていた自分の服を素早く拾って身に着けた。ようやく人心地がついた気がする。

やはり、全裸というのは防御力が低くていただけない。せめて眼鏡があればと思ったが、よく考えると裸に眼鏡はなしだ。間抜けすぎる。

「そう解釈したか。生真面目な君らしい」

再び彼が顔を近づけてきて、クローディアは肩を跳ね上げた。

けれど服を着たことで少しは余裕が生まれたのか、どうにか水色の眼差しを正面から受け止める。

「取引をしよう。この件は二人だけの秘密にしても良い」

「本当ですか！」

「ただし条件がある」

言葉を切ったシリルの出方をじっと待つ。何を言われても、クローディアに拒む権利も選ぶ自由もない。ごくりと息を呑み、過酷な条件ではないことを祈った。

「これまで通り、エリノーラの家庭教師は続けてくれ。あの子はクローディアにとても懐いているし、信頼している。君がいなくなれば、悲しむだろう。体調を崩してしまうかもしれない」

それは、脅《おど》しにも聞こえた。

クローディアが条件を呑めなかったり逃げ出したりすれば、可愛いエリノーラに影響が出ると言われているのも同じだ。

「どんなことでもいたします……！」

「その台詞、忘れないように。――これから僕が呼んだ夜には、この部屋に来てくれ」

「できませんっ」

何でもするつもりだったが、クローディアは反射的に拒否していた。

つまり彼の遊び相手として、今後も身体のつき合いを求められているのだ。いくら一度一線を越えてしまったとは言え、もう二度と過ちを犯すつもりはない。

貞節を守ることは、クローディアにとってごく当たり前であり、染みついた生き方でもある。これ以上、道を踏み外すことは考えられなかった。

「後腐れのない相手を探しているのなら、別の方にしてください。私には、無理です」

「何か勘違いしているな。僕は閨《ねや》の相手をしろと迫っているわけじゃない。世間話や、エリノーラについて話してほしいだけなんだが」

「……え？」

「僕の周りには、恋人の座に座ろうと画策する女性が多くてね。軽い対話を楽しみたいだけなのに、煩わしくて堪らない。君となら、知的な話もできそうだし安心だろう？　何せクローディアは、僕に一切興味がないみたいだから」

何故か嫌味《いやみ》を言われた気がする。

気のせいだろうかと思いつつ、クローディアは上目遣いでシリルを見つめた。

「それだけ……ですか？」

「ご不満かい？」

「い、いいえ。喜んで務めさせていただきます」

「そう。では早速今夜からお願いしようかな」

きっとこれは、彼なりの温情なのだ。クローディアは感謝して大きく頷いた。

「分かりました。必ず参ります」

そうと決まれば一刻も早く自室に戻り、いつも通りの一日を始めなくては。

「ではシリル様、私は失礼いたします」

「ああ。また夜に」

立ちあがった瞬間よろめき、クローディアは彼に支えられた。不意にシリルの匂いが掠め、たった一晩で嗅ぎ慣れてしまったことに気がつき、自分でも愕然とした。

「あ、ありがとうございます……」

「抱き上げて送ってあげたいけれど、誰かに見られたら厄介だから、やめておくよ」

「大丈夫です。お気遣いありがとうございます」

素早く離れ、クローディアは両脚に力をこめて踏ん張った。

これで、何もかも元通り。遊ばれただけの我が身が悲しいが、大元の責任は自分にあるのだからしょうがない。むしろ、言い触らしたり保身に走ったりする男性ではなかったことを喜ぶべきだと己に言い聞かす。

——それにしても、男性なんて結局はこんなものなのね……

肉欲に負け、最終的には眼の前の餌に喰いつくものらしい。

クローディアは深い失望から眼を背け、こそこそとシリルの寝室を脱出し、自室へと逃げ帰った。

だから、知らない。クローディアが去った扉をじっと見つめ、彼が呟いた不穏な言葉を。

「——僕から強引に手を出したりはしないよ。でも君から誘惑されたら、拒めなくても仕方ないよね……？」

くつくつと秀麗な顔を歪ませて笑う水色の瞳は、心底楽しそうに細められていた。

「クローディア先生、体調が悪いのでしたら、無理をしないでくださいね」

エリノーラの言葉に、クローディアは固まった。

「えっ、な、何のことでしょう？」

股が痛くて、おかしな座り方になっていただろうか。歩き方が不自然だったかもしれない。いや、ろくに眠れなかったせいで、疲労感が滲み出しているのか。

瞬時に様々な可能性が頭をよぎり、血の気が引いた。

「だって、昨夜は夕食を召し上がらなかったのでしょう？　今朝も、ほとんど口をつけなかったと聞いています。お顔の色も優れないし……」

「あ、ああ……」

そのことか、と内心胸を撫で下ろし、クローディアは笑みを取り繕った。

「少し風邪気味だっただけで、もう大丈夫です。ご心配をおかけして申し訳ありません」

まさか、貴女のお兄様の部屋で一晩中過ごしていたので、夕食は食いっぱぐれましたなんて、絶対に言えない。

純真無垢な少女に真っ赤な嘘を吐く心苦しさで、胸が潰れそうだ。

それもこれもクローディア自身の愚かで軽率な行動のせいかと思うと、自己嫌悪でいっそ儚くなってしまいたかった。

「風邪を甘く見てはいけません。拗《こじ》らせては、大変なことになってしまいます」

おそらくエリノーラは自分の体験に当て嵌めて、心底こちらを案じてくれているのだろう。

疑念など微塵も孕んでいない透き通った眼差しが、今は辛い。

しかも兄であるシリルと瓜二《うりふた》つの瞳で見つめられると、クローディアは非常に落ち着かない気分になった。

「ありがとうございます。けれど本当にもう平気です。それよりも、さぁ今日は次の章に入りますよ」

強引に話題を替え教科書を開いてごまかせば、素直なエリノーラはすぐに信じて机に視線を落とす。

「楽しみです、先生。新しいことを知ると、世界がどんどん広がってゆく気がします」

「そ、そうですね」

――私も新しい世界を知ったけれど、逆に狭まった気がするわ……

引き攣る頬を理性の力で押さえつけ、クローディアは家庭教師の仮面を完璧に被った。

あのことは、もう忘れる。

他言しないと約束してくれた彼の言葉を信じよう。幸いにも、自分がほとんど覚えていないのだから、完全に忘却の彼方《かなた》に追いやることもできるはず。

――だけど不思議……私、嫌だとは感じていないのだわ……

これまでのクローディアなら、社会の規範から逸脱するなんて考えられない。もしも自分が常識から外れた行いをすれば、許せなかったと思う。

己を型に嵌め、他者にも同じことを求めていた。

それなのに、今は心のどこかでワクワクしている。

決められた見通しの良い道ではなく、荒れ地に踏みこみ先が見えない状態にも拘《かか》わらず、不安や恐怖より好奇心を掻き立てられていた。

こんなことは初めてだ。

規則も前例も知識も、何一つ役に立たないが、この先に何があるのか気になって仕方がない。

覗きこんだら、違う『自分』になれるのかもしれない。

――いいえ！　だからって、身体だけの関係なんて、私には無理！　高潔な自分を思い出すのよ。

「――クローディア先生？　頭を振ってどうしましたか？」

「えっ、な、何でもありませんよ。そう、ちょっと虫が……」

その日、クローディアがぐるぐると思い悩みながら授業を続けるうちに時間は流れ、あっという間に約束の夜はやって来てしまった。


素面の状態で、シリルの部屋の前に立つのは初めてだった。

早鐘を打つ心臓は、今にも口から飛び出しそうだ。しかし、長々と迷っている暇はない。万が一誰かに見咎《みとが》められれば大事になってしまう。クローディアは素早くノックをし、彼の部屋に滑りこんだ。

「いらっしゃい」

寛いだ様子のシリルは、ソファを指し示した。テーブルの上には、菓子と飲み物が用意されている。

彼は上着を脱いではいたが、きちんと服は着ていた。卑猥な空気はどこにもない。

クローディアはほっと息を吐いて、ソファの隅に腰を下ろした。

「そんなに離れて警戒しなくても良いのに」

「け、警戒なんてしていません」

思い切りしていたが、背筋を伸ばして平静を装った。

「ふふ……まぁいい。今日のエリノーラは頑張って勉強していた？　無理をし過ぎてはいないかな？」

「はい。とても一所懸命に取り組まれていらっしゃいました。体調も問題ないようです」

兄らしく妹の様子を気遣う姿に、クローディアは張り巡らせていた緊張を緩めた。

どうやら本当に、他愛《たあい》のない世間話などを語り合いたいらしい。

「なら、良かった。あの子は夢中になると周りが見えなくなるところがあるから、少し心配なんだ。君との勉強が、今一番楽しいみたいだし」

「そう言っていただくと、私も嬉しいです」

認められた気がして、誇らしい。

思わず笑顔になったクローディアの顔に、シリルの視線が注がれた。

「ところで、何故眼鏡をかけている？　度が入っていないことはとっくに知っているし、素顔も見られているのに」

「これは私には不可欠なものなのです。それに、ご存知なのはシリル様だけです」

いつかのように奪われてなるものかと、クローディアは両手で防御した。

分厚いレンズを装着していると視界が歪んで見にくいが、慣れれば案外楽だったりする。自分から見えないと言うことは、他者からも見られないのと同義だ。

眼は口ほどにものを言う。

隠しておきたい本音を、悟られたくなかった。

「ふぅん……心の壁みたいなものか」

「え？」

「いや、ただの独り言だ。それよりも珈琲《コーヒー》を淹《い》れたから飲むといい」

先ほどから香ばしい良い香りが漂っていたが、クローディアは首を横に振った。

「申し訳ありません。せっかく用意していただいたのに心苦しいのですが、私、珈琲は苦手なのです。あの苦みがどうしても……」

「たっぷりミルクと砂糖を入れたから、クローディアでも飲めると思う」

にこやかに言われてしまうと断り難い。では一口だけ、と口をつけた。

「……美味しい……」

とても甘くて飲みやすかった。それに、珈琲だけではない複雑な味わいがある。ミルクのまろやかさに隠されているが、これは何だろう？　鼻に抜ける香りがとても良い。

「気に入ってくれた？　だったら、もっとどうぞ」

「ありがとうございます」

温かい飲み物のおかげで、身体がポカポカと温まってきた。特に指先や頬に熱が集まってくる。

クローディアは息を吹きかけ冷ましながら、どんどん喉へ流しこんだ。

次第に身体全体が熱くなり、大して重ね着もしていなかったのに汗ばんでくる。

おかしいな、と感じた頃には、気持ちがふわふわし、身体が揺れ始めていた。

「うふふ……美味しいです」

「もう一杯飲むか？」

「はい！」

こんなに美味な珈琲が世の中にあるなんて知らなかった。苦いからと嫌厭し、勿体ないことをした。これからは積極的に飲むのも悪くない。

「シリル様、これはどんな豆を使っているのですか？　それから他に何が入っています？　スパイスかしら……」

「お気に召したなら、豆は後で分けてあげよう。他に入れたのは、ミルクに砂糖……それとブランデーだよ」

「ブランデー……」

それはどんなスパイスだったかしら――とすっかり酔いが回った頭でクローディアは考えた。聞いたことないなぁ、なんて暢気に笑う。けれども美味しいならば問題ない。

「やれやれ……本当に酒に弱いな。それに人を信じすぎだ。こんなありがちな手に騙されるなんて、怖くて外には出せないよ。他の男に狙われたら、ひとたまりもないじゃないか」

「何をおっしゃっているのですか？」

せっかく愉快な気分なのに、お説教ならば聞きたくない。

ぷいっと横を向き、珈琲を味わった。

「肌が赤らんで、目元も朱に染まっている……瞳は潤んでいるし、可愛いな。先ほどとは打って変わって無防備だ」

「私……可愛いですか？」

もっと言ってほしい。心躍る言葉に機嫌を損ねたことも忘れ、クローディアはシリルに向き直った。

「ああ。堪らなく可愛いよ」

にやりと笑った彼の眼がどこか悪辣な光を放っていたが、喜びに満たされていたクローディアは気がつかなかった。

向かいに座っていたシリルが移動し、隣に腰かける。妙に近い気もしたが、彼が菓子を摘まんでクローディアの口に運んでくれたことで、どうでも良くなった。

「これも美味しいです！」

夜に食べては太ってしまうなと思ったが、今夜くらいは良いかと気を緩める。ウキウキする気分に水を差したくはない。

「そう。リキュールをかなり使っているけれど、大丈夫？」

「珈琲にも合います」

甘い飲み物と甘い菓子の相乗効果か、幸せな気持ちになれる。多少太るくらいがなんだという強気さで、クローディアはシリルに勧められるまま次々口に運んだ。

満足げな様子の彼に見守られながら、ひとしきり飲み食いした後、満腹感を覚えたクローディアはカップを置いた。

「あれ？　シリル様はお喋りがしたいのですよね？　まだエリノーラ様について少ししかお話していませんけれど……んん？」

このまま楽しいお茶会だけで終わっては、何だか申し訳ない。クローディアにとって、得しかない秘密にしてもらう交換条件としては、随分弱い気がした。

不公平な取引は性に合わない。相応の対価を、こちらも支払うべきだと思った。

「じゃあ、僕の悩みでも聞いてもらおうかな。気になる子がいるのだけど、僕のことが眼中にないらしく悉《ことごと》く躱されているんだ」

「へぇ……シリル様のように何でも持っていらっしゃる方でも、振り向いてもらえないことがあるのですね」

純粋に驚いて、クローディアは眼を丸くした。

と言うか、意中の人がいると聞いて動揺していた。

――つまり私とのことは、やっぱり遊びだったと言いたいわけね……きっと、男性なんて不誠実な生き物なのだわ。もっとも、浮気は一人ではできないけど。

クローディアと彼は正式にお付き合いしているわけではないし、身分や立ち位置を考えてもつり合わない。だから、不満を抱く方がどうかしていた。

沈みこみそうになる気分を酒の力で振り払い、クローディアはひとまずモヤモヤする気持ちから眼を逸らした。

「キスをすればいいと思います。シリル様との口づけは、とても素晴らしいですから」

「クローディアは僕とのキスが好きなんだ？」

普段なら絶対しない提案を、自信満々にぶち上げる。この時、ほんの少しでもクローディアに冷静な部分が残っていたら、罠《わな》にかかった獲物を舌なめずりで見つめる肉食獣の存在に気がついただろう。

言うまでもなく、隣に座る男のことである。

彼は思わせぶりな仕草で自身の唇を指でなぞり、極上の笑みを浮かべた。

「どの辺が素晴らしいと思うのか、具体的に聞かせてほしいな」

「気持ちが良くて、頭がぼうっとしてしまいます」

「それから？」

「身体中が熱くなって、ゾクゾクします」

いつの間にか腰を抱かれ、シリルの方に身体の向きを変えられていた。心臓の音が聞こえてしまいそうなほど近くに、彼の顔がある。

「ただ唇を触れ合わせるだけでいいのかな?」

「いいえ。舌を絡められると、もっと胸が苦しくなります。ドキドキして、落ち着きません」

「……こんなふうに?」

シリルが顔を傾け、そっとクローディアの眼鏡を外し、唇を啄んだ。そして殊更ゆっくり歯列を割り、こちらの口内に侵入してくる。

縮こまっていたクローディアの舌は、あっという間に彼に誘い出されていた。

「ふ、ぅ……んっ」

珈琲の香りが鼻腔を抜ける。甘くて香ばしい、魅惑の香り。

酩酊感の中でクローディアは、うっとり夢見心地になってしまう。

「本当に、ドキドキしている」

シリルの手が、クローディアの乳房を服の上からわしづかみにしていた。皮膚の下で激しく巡る血潮が意識され、余計に酔いが回ってゆく。もう、何かを考えるのも億劫《おっくう》だ。

楽しいことや嬉しいこと、ご機嫌な事柄だけを追求したい。美味しい飲み物と菓子、それらがあれば充分ではないか。

煩わしいことを忘れて何が悪い。

クローディアは彼の背に手を回し、ぎゅうっと服の裾を握っていた。

「……もっと、したい？」

頷いたら身の破滅と叫ぶのは、ひっつめ髪にダサい黒服を纏い、瓶底眼鏡をかけた冴《さ》えない女だ。家庭教師としての昼間のクローディア。

貞節と礼節を重んじて、間違ったことが大嫌いなお堅い自分。

だがここにいるのは、快楽に弱くて、殻を破りたいと望んでいる、だらしない女。

どちらが本当の姿かなんて、どうでもいい。優しく不埒《ふらち》な誘惑を施すシリルの手に身を預けたい。それ以上に今したいことは何も思いつかなかった。

コクコクと頷くクローディアを、眼を細めた彼が見下ろしている。その双眸に宿るのは、策士の愉悦だった。

「良いのか？　全部なかったことにするはずでは？」

「うう……」

頭の中はドロドロに蕩けて、難しいことなんて分からない。望むものを与えられないもどかしさから、クローディアは伸び上がってシリルに自ら口づけた。

「……ふふ、簡単すぎて物足りないけど、そこもまた可愛い。昼間の君が見たら、何て言うかな。卑怯者《ひきょうもの》と僕を罵るかもしれない。だけど欲しいものを得るために手段を選ぶ気はさらさらない。結果的には幸せにするから許してくれ」

「ん、んんっ……」

官能的に髪を梳かれ、口の中を弄ばれた。粘膜を刺激され、涙が滲む。

「涙目は、反則」

クローディアがキスに夢中になっている間に、首まで隠すシャツのボタンを外され、息苦しさが緩和された。

立ち襟は禁欲的で嫌いではないが、少し乱れるだけで酷く淫猥に見える。

彼はクローディアのはだけた鎖骨や肩を見下ろし、小さく喉を鳴らした。

「教師姿の君を汚すのは、背徳的で余計に興奮するな……」

ソファの上に押し倒され、野暮《やぼ》ったいスカートをめくられる。若い娘らしさが微塵もない黒一色は、色気とは無縁だ。

しかし曝《さら》け出されたクローディアの白い太腿との対比は、妙な艶めかしさを放っていた。

「……ぁっ」

抵抗しようと思えばできるはず。覆い被さってくる彼は、体重をかけないように気を遣ってくれていた。

しかしシリルの身体が作る監獄に、囚われてしまいたい。逃げ道を閉ざしてもらいたかった。下着と靴下を脱がされて、胸元をいやらしく開かれる。脱がないことが逆に卑猥に思えるほど、クローディアは扇情的な格好にされていた。

彼自身は相変わらず着崩れたところがなく、あまりの対比に肌が震える。クローディアは少しでも隠そうとして自分の両腕で身体を抱いた。

「駄目だ。手を開いて」

「恥ずかしっ……」

「見ているのは僕だけだよ。大胆に振る舞えたら、もっと極上の気分を味わわせてあげる。ねえ、僕を誘惑してごらんよ。可愛くて愛される、理想の自分になりたいんだろう?」

どうしてシリルがそれを知っているのだろう。

打ち明けただろうかと思考を巡らせ、クローディアはすぐに諦めた。

彼の手が太腿を這い、片脚を持ち上げたからだ。

「……駄目っ」

今、クローディアの下肢は剥《む》き出しの状態だ。つまり脚を開かれてしまえば、大切な部分が丸見えになってしまう。中途半端に脱がされた、とてもふしだらな格好で。

「嘘はいけない。だったらまだ触ってもいないのに、潤ませているのは何故なんだ?」

「く、ぁんッ」

蜜口をシリルの指でなぞられて、クローディアは甲高く鳴いた。

彼の指先が、ぬめりを纏って滑らかに動く。それは、既に花弁が蜜を滲ませている証明に他ならなかった。

「や、だぁ……」

まだ弄られていない癖に、勝手に期待して昂ぶる己の肉体が恥ずかしい。

たった一度重ねただけの身体は、すっかりシリルがくれる快楽を覚えこんでいた。涎《よだれ》を垂らして餌を待つ獣のように、だらしない。

羞恥で溢れた涙は、彼が全て舐め取ってくれた。

「そんな駄々《だだ》を捏ねる子供みたいな表情を見せられたら、とても我慢できない」

内腿に吸いつかれ、チリッとした痛みが肌に走る。クローディアが眉を顰めると、シリルに頭を撫でられた。子供扱いなど嫌なのに、甘やかされている感じは、悪くない。

考えてみれば、クローディアはもう随分誰かに頼ったり弱みを見せたりしたことはないように思う。

他者に寄りかかることが苦手で、何をどうすればいいのかが分からなかったからだ。

周りの人々も、クローディアを強い人間だと認識している。

一人で生きて行ける、冷静沈着な女。何をされても傷つかない、冷たい女。

そんなはずはないのに。

まだ十八になったばかりの小娘が、一度は心を預けた婚約者に裏切られ、親友だと思っていた友人に謀《はか》られ、平気なわけがない。

両親や使用人にも腫《は》れもの扱いされ、矜持が傷つかないなどあり得ないではないか。

けれど誰も、本当の意味で寄り添ってはくれなかった。

アリステリアはクローディアが心の整理をするために、時間と距離を提供してくれたけれど、傍にいてくれたのではない。

勿論彼女には事情があったのだから文句を言うつもりはないが、心細かったのだと今分かった。

――そうか……私は、無条件に甘えたかったのかもしれない……

理由を根掘り葉掘り聞かずに、ただ受け入れてもらいたかった。

安心感をくれる腕に包まれ、微睡《まどろ》むように傷を癒してほしかった。

束の間の安らぎで良い。シリルなら、それをくれる気がした。

「ふぁっ……あ、ふ」

「何を考えている？　今は僕だけを見て」

強めに歯を立てられた胸の飾りがジンと痺れた。

鋭敏になったそこは、痛みさえ快楽に変換する。すぐに舌先で愛撫されれば、快感が増幅された。

「別のことを考えるなんて、余裕だな」

「あ、ち、違っ……」

頭の中にあったのは、彼のことだ。そう告げたいのに、くりくりと頂きを捏ねられると上手く言葉が出てこなくなる。

「覚悟して。今の内にたっぷり身体に教えこんであげる。クローディアが誰のものか……そしていずれは酒なんかなくても、僕を求めるようにしてみせるよ」

「ぁあッ……く、あ」

無防備な尻を撫でられ、シリルの掌の熱に驚愕した。何にも隔たれず、直に触れられると余計に熱い。

双丘の割れ目に中指を引っかけたまま、彼の手がいやらしく移動してゆく。クローディアの尻の丸みに従って前へと、少しずつ。けれど確実に。

あと少しで淫裂に触れるというところで、シリルの手は唐突に行き先を変更し、クローディアの脇腹を摩《さす》った。

「……あっ……」

微かに非難が混じる自分の声に、誰より驚いたのはクローディアだった。

膨らんだ期待が躱されて、欲求不満が募る。恨めしく見上げると、彼は心底楽しそうに瞳を眇《すが》めた。

「どうしてほしい？　君の口から、聞かせてくれ」

クローディアの知識は乏しく、問われても困ってしまう。しかも実際の行為は、彼との一度のみなのだ。

だから拙い誘惑は、言葉より行動で示した。

自分の両腕をシリルの背中に回し、脚を開いて彼の腰を挟みこむ。たったそれだけで顔から湯気が出るほど恥ずかしかったが、どうやら正解を引き当てたらしい。

シリルは蕩けるような笑みを浮かべ、濃厚なキスをしてくれた。

「……やっぱり小悪魔だな。僕が翻弄されるなんて、初めてだよ」

「んくぅッ……」

彼が重心を頭に移したことで上半身が密着し、クローディアの胸の先がシリルのシャツに擦れた。乾いた布に摩擦され、新たな愉悦が生まれる。

もじもじと腰を蠢かせれば、彼の指がクローディアの花弁に沈んだ。

「トロトロに熟れている。おねだり上手め。今回は大目に見るけれど、次こそは僕が欲しいと言わせてみせるよ」

「ふ、ぁッ……ああ、ん、ぁ……」

陰唇を掻き回され、にちにちと淫猥な水音が奏でられる。溢れる蜜が腿を濡らし、準備が整っていることを知らしめて来た。

「覚えの良い身体だ。クローディアは教師としても生徒としても優秀だね。ほら、僕の指を美味《おい》しそうにしゃぶっているのが分かるかい？」

「あっ、はぁあっ……」

三本もの指を突き入れられ、同時に親指で花芯を捏ねられた。

気落ちが良いと言うには暴力的な淫悦が弾け、クローディアは髪を振り乱す。

早くも大きな波がやってこようとしている。昨晩よりもずっと駆け上がる速度が速い。シリルの指戯に悦んで、クローディアの身体は火照っていた。

大人が二人睦み合うには狭く不自由なソファの上で身をくねらせ、危うく落ちそうになる。

彼はクローディアを抱き上げると、ベッドへ移動した。

「……え？」

てっきりそのまま横たわるのかと思っていたクローディアは、きょとんと眼を見開いた。

どうして今自分は、シリルに後ろから抱き締められ、彼の脚の間に座っているのだろう？しかも眼の前には大きな姿見。映し出された姿はあまりにも淫靡だった。

胸を全開にはだけられ、こぼれ落ちた乳房。乳輪が少し赤くなっているのは、シリルに噛みつかれたからかもしれない。

汗で張りついた髪が、白い肌を卑猥に彩っている。

下着は剥《は》ぎ取られ、捲《めく》り上げられたスカート。その奥は当然何物にも守られていない。膝を立てることを促されたせいで、クローディアの秘めるべき場所は丸見えになっていた。

「嫌っ……！」

繁みに朝露のような蜜が絡み、赤い入り口がひくついている。期待に上気した肌は淫らで、何よりも自分の顔に愕然としてしまった。

まるで発情した獣だ。

だらしなく開いた唇に、潤んだ瞳。赤く染まった目尻は、完全に欲に溺れた雌の顔だった。

「やめてぇっ……」

眼を逸らしたいのに、背後から顎を捕えられたせいで叶わない。ならばと閉じた眼は、彼に首筋を齧られた驚きで、見開いてしまった。

「駄目だ。よく見て。クローディアがどんなに愛らしく僕をねだっているか、眼に焼きつけるんだ」

シリルの二本の指で、最も恥ずかしい場所が開かれる。奥からとろりとした愛液が物欲しげに溢《あふ》れ出してきた。

その上部にある淫芽を転がされる様も見せつけられ、クローディアの頭は煮《に》え滾《たぎ》る。

嫌なのに、瞬きもできない。食い入るように爪弾かれる自分の身体を凝視していた。

「ひ、ぅ……」

「きゅんと締まった。もしかしてクローディアは、こういうのがお好みなのかな」

「違いますっ……」

説得力がないのは、自分でも分かっている。身体の奥からどんどん泉が溢れ、蜜が艶めかしく下肢を濡らしているのだから、ごまかしようがない。

クローディアは自らの痴態を突きつけられ、彼の言葉と指先で嬲られて、どうしようもなく感じてしまっていた。

「ん、くぁっ……ひ、ぁあ……」

硬くなった花芽を弄られては声が抑えられない。慌てて自分の手で口を押さえると、クスリと笑うシリルの吐息がクローディアの肌を炙《あぶ》った。

「まだ完全には堕《お》ちきらないな。だが開発のしがいがある」

「はぅッ」

女のものより太く節くれだった指が淫裂に潜りこみ、クローディアの肉洞を行き来した。もう片方の彼の手は、揺れる乳房を我が物顔で揉みしだく。

まるで所有権を主張するように、めちゃくちゃに形を変えられ捏《こ》ね回《まわ》された。

「ゃ……乱暴にしちゃっ……」

「優しくしている。これでも壊さないように最大限、気を使っているつもりだ」

「あ、ぁあ……あっ」

胸と下肢の両方から与えられる刺激に、敢《あ》え無《な》くクローディアは陥落した。

シリルの胸板に背中を預け、ビクビクと全身をこわばらせる。隘路を探る指を喰い締め、絶頂に達した。

「鏡から眼を逸らすなと言ったのに」

とてもじゃないが、自分の淫蕩《いんとう》な姿を眼にする勇気はない。クローディアは頑なに横を向き、彼の言葉に逆らった。

しかし反抗的な態度が気に入らなかったのだろう。シリルは背後からクローディアの膝裏を持って身体を抱き上げると、そのまま自らの足の上に下ろした。

そこには、隆々と天を突く彼の怒張がある。

「ひっ……ぁああッ」

いつの間にトラウザーズを寛げていたのか、一息に貫かれたクローディアはシリルの上で甘い悲鳴を迸らせた。

自重のせいで奥深くまで抉られ、腹の中が彼でいっぱいになる。全てを呑みこまされた肉筒は、シリルの屹立に絡みつき、大喜びで引き絞っていた。

「……っ、挿《い》れただけで、持って行かれそうになる……っ」

「あ……ぁ、あ……苦しっ……奥、ごりごりしないでぇ……っ」

「こんなに悦《よろこ》んでいるのに？　ほら、自分の顔を見てみるといい」

強制的に鏡の中の自分と眼を合わせられると、そこには快感に打ち震える女が映っていた。だらしなく口の端から唾液をこぼし、理性の失われた眼をしている。半開きになった唇から漏れるのは、切れ切れの嬌声だけ。

装飾に乏しい禁欲的な服は、クローディアの身体に引っかかっているだけになっていた。家庭教師としての面影も、オルグレン男爵令嬢としての矜持もどこにもない。

あるのは欲望に忠実で奔放な女の姿だけだった。

「ひぁぁんっ……あ、ァあッ……ああ」

子供のように後ろから抱えられ、大股開きで揺さぶられる。秀麗な美貌を誇る彼からは想像もできない赤黒く淫猥なものが、無慈悲にクローディアの花弁を散らしていた。

出入りする度に、太く張りつめた剛直が泡立つ蜜に濡れ光る。じゅぶじゅぶと淫音を立てながら咀嚼《そしゃく》する様に、一層官能が煽られた。

「ぁ、あッひ、ァあっ……ああんっ」

「いやらしい。根元まで咥《くわ》えこんでいるのがよく見えるだろう?」

最奥を押し上げられて辛いのに、先端が密着する部分から快楽が弾けてゆく。

指や舌では絶対に届かない場所にキスされ、クローディアは嵐の中で揉みくちゃになった。

「また眼を閉じている……頑固だな。酔って理性を飛ばしていても、そういうところは変わらないらしい」

「ひ、ぁあッ、も、やぁっ……」

ずんずんと抉られ、一突きごとにわけが分からなくなる。もう限界と思った次の瞬間には、新たな淫悦に呑みこまれていた。

不安定な体勢で持ち上げられ落とされるせいか、擦られる角度がその都度変わる。

自分の意思ではどうにもできず、クローディアはシリルの作り出す律動に踊らされていた。

彼の求めるまま、不自由な状態で身をくねらせる。シリルの膝の上で淫猥なダンスを強いられた。

「んぁ……はぁッ……あ、あ、あっ」

びしょ濡れになった繁みの奥で顔を覗かせた花芽を摘まれ、頤《おとがい》を仰け反らせる。

いくら暴れても、所詮は彼の腕の中。抵抗とも呼べない動きは、容易に押さえこまれてしまった。

「前を見て。クローディアがいかに可愛い女か、教えてあげる」

「か、かわ……？」

こんなにドロドロに汚れて恥ずかしい様を晒しているのに、シリルは何を言っているのか。

文句の言葉は、荒々しく穿たれたことで霧散していた。

汗まみれになった身体に布が張りつく。いっそ全部脱いでしまいたいのに許されず、黒い服と白い肌が鮮烈にクローディアの眼を射った。

そして何よりも、普段絶対に眼にすることがない卑猥な場所が、赤く口を広げている。そこへ出入りする彼の一部から、もう眼が逸らせなかった。

「やぁあ……」

「クローディアが可愛いから、こんなふうになってしまった。責任を取ってくれるね……？」

後ろに陣取るシリルと鏡越しに視線が絡んだ瞬間、腹の中で彼の屹立が質量を増した。

ぐっと大きくなり、クローディアの内側が圧迫される。臍《へそ》の下、シリルが収められている場所を、皮膚の上から彼が撫でた。

「ここに、全部吐き出してもいい？」

「何を……ぅあッあ、ああ」

腹を押されて、隘路が余計に狭まる。クローディアが冷静ではいられなくなる一点を捉えた剛直の切っ先が、鋭くそこを擦りあげた。

「あああ……やあああっ」

世界が、飽和する。

ビクビクと痙攣したクローディアは、これまでにない高みに達した。あまりにも快楽が大きくて、全く下りてこられない。

その間にも中を穿たれ、声もあげられずに何度も快感を上書きされた。

腹の中に欲望の飛沫が叩きつけられ、直接子宮に注がれる白濁を女の身体は歓喜して飲み下していく。

一滴も逃すまいとする蠕動《ぜんどう》に、シリルが低く呻《うめ》いた。

「……っ、魂も、吸い取られそうだ……」

「……ぁ、あ……」

強く抱き締められたまま、クローディアは虚脱して後ろに倒れこむ。しっとり汗ばむ胸板が、危なげなく身体を支えてくれた。

仄《ほの》かに珈琲の匂いがし、そこに彼の香りが混ざって堪らなく胸が疼く。疾走するクローディアの鼓動が落ち着くまで、シリルはずっとそのままでいてくれた。

「……大丈夫？」

「ん、ぁ……」

彼がクローディアの中から抜け出てゆき、栓を失った淫裂から、とろりと欲望の残滓《ざんし》が溢《あふ》れ出た。子を成すための種。淫猥な光景に、背後でごくりと息を呑む音が聞こえた。

「も……無理……です……」

「残念。全然満足できないけれど、仕方ない。無理をさせすぎて、嫌な思い出になりたくはない。むしろもっと溺れてほしいから、今夜は我慢するよ」

優しい声とこめかみに贈られた口づけとは裏腹に、よく考えると台詞の内容は不穏だ。

慄くクローディアの身体をベッドに横たえ、シリルは丁寧に身体を拭ってくれた。

「私は赤ちゃんではありません……自分で……」

「僕も赤子にこんな真似はしない。そのまま眠っていい。明日もエリノーラの良き先生を務めてくれ。その後は――分かっているね？」

一見優しげな微笑みで、悪魔との契約を促される。

判断力などとうに奪われたクローディアは、緩々と顎を引いた。もう、目蓋が重い。眠くて仕方なかった。

「いい子だ。お休み、クローディア。——明日の朝が楽しみだ」

彼からのキスを最後に、後は暗転。

クローディアは翌朝まで一度も目覚めることなく、ぐっすりと深い眠りに落ちた。


そして翌朝。

見覚えのある光景にクローディアは愕然としていた。

爽やかな朝の光が、室内を照らしている。天上も、調度品も、自分が横たわっているベッドにも覚えがあることが悲しい。

本当なら、一生知る必要のなかった部屋だからだ。

「おはよう、クローディア。君は早起きだね」

後ろから聞こえた声にぎこちなく振り返る。前回と違うのは、声の主がすぐ真後ろに張りついていることだ。

ベッドに横臥《おうが》している自分の背中にぴったりくっつく状態で、後ろから伸ばされた腕が、クローディアの腰を抱いていた。

「シリル様っ……」

早朝でも、相変わらず彼は美しい。何故だ。クローディアの父や兄は、髭など諸々の手入れが欠かせないと言うのに。

神々もかくやという風情で、シリルはにこやかに微笑み横たわっていた。

全裸で。

「どっ、どうして何も着ていらっしゃらないのですかっ？」

昨晩彼は、最後まで服を脱がなかったはずだ。前だけ寛げた実用的かつ卑猥な姿で、クローディアを苛んでいたはず。

そしてクローディア自身も、ドレスがぐちゃぐちゃになって――

「ん？」

辛うじて纏わりついていた服が、どこにもない。こちらも素っ裸だ。

気がついた瞬間、クローディアは素早くベッドの端まで転がって逃げた。

「わ、私の服はっ……脱いだ覚えはないのに」

「へぇ。そこは覚えているのか。まぁ、前回とは酒の量が全く違うしな。当然か」

そう。もう一つ前回この部屋で目覚めた時とは相違があった。それは、クローディアがほぼ記憶をなくしていないということだ。

つまり、あんなこともこんなことも、全て覚えている。

自らの意思でシリルの部屋に足を運び、いい気分になってコロッと身体だけの関係を受け入れてしまったことも。

更には、考えられないほど淫らな行為に溺れてしまったことも……

「……っ」

カァァッと全身が朱に染まる。沸騰した頭から蒸気が噴き出しそうだ。

「わっ、あっ、なっ」

「落ち着いてくれ。意味が分からない」

いくらベッドの端ギリギリまで離れても、その距離は無限ではない。大人の男が腕を伸ばせば届いてしまう程度の近さである。

クローディアは呆気なく彼に捕まり、腕の中に引き戻されていた。

「まだ早い。もう少し寝かせてくれ」

「どうぞ……ではなくて、勝手に眠ってください！　いえ、その前にこの状況の説明を……」

「必要か?」

分かっているくせに、と水色の瞳が雄弁に語っている。

意地悪く細められた眼は、思わせぶりに目尻を下げた。

「無粋だな。男女が一つのベッドで朝を迎え、双方裸……これ以上、解説が必要か？」

シリルの言葉に、クローディアははくはくと空気を食んだ。

状況証拠が示す答えは一つ。そもそも回答は最初からクローディアの中にある。生々しく思い起こされた昨晩の出来事が、無情にも思考能力を奪っていった。

――どうしてっ……いえ、無理やりされたわけではないのは重々承知だけれどもっ……

グルグルと世界が回る。

お酒が残っている感じとは違うから、純粋に気分の問題なのだろう。吐き気を堪えるために、クローディアは遠くを見つめた。

その、視線の途中。テーブルの上に残されたものへ眼が留まった。

置かれていたのは昨夜飲み食いしたままの皿やカップ。食べ残した菓子もある。

どれもこれも、とても美味しかった――が。

「まさかっ……あれらの中に、何か混入していたのですかっ？」

「混入とは人聞きが悪い。味を良くするために少しばかりブランデーやリキュールを使ってあるだけだ。ごく一般的な量より少しばかり多目にね」

悪びれもせず白状した彼は、裸のまま堂々と立ちあがった。

朝の光の中、彫刻よりも美麗な裸体が晒される。

「しっ、下着を履いてください」

「気が変わった。湯を浴びよう。この部屋の浴室には配管を通して、いつでも湯船が使えるようにしてある。クローディアも一緒に」

「えっ」

聞き間違いだと思いたい。だがクローディアの儚い願いは、掛布ごと身体を抱き上げられたことで打ち砕かれた。

「自慢の浴室だ。是非見ていってくれ」

「いえ、結構です！」

抵抗虚しく浴室に連れこまれ、何としても死守したかった掛布を剥ぎ取られる。下は勿論裸だ。クローディアは慌てて両手で身体を隠し、蹲《うずくま》った。

「とっくに全部見たよ。隅々まで」

「は、恥ずかしいことを言わないでください……！」

「酔った時の大胆さと、足して二で割ったら丁度良さそうだな。いや、この落差が堪らないのか……」

ブツブツ呟きながら屈《かが》みこんだシリルに再び抱き上げられ、クローディアは空の浴槽に入れられた。そこへ湯が注ぎこまれる。

「きゃっ……」

「すぐに湯は溜まる。二人で入っていれば、尚更だ」

浴室はとても広く、流石はヘイスティング侯爵家と唸《うな》るものだった。最新の設備に、清潔感がある造り。自慢するだけはある。

浴槽も大きくて、大人二人が密着すれば、共に入れなくもない。

しかし、基本的には一人用として想定されているはずだ。

「と、殿方と一緒に入浴なんて」

後ろから抱き締められ、立ちあがることができない。クローディアの身体の両側には、彼の足が伸ばされていた。

ぴったり重なった自分の背中と、シリルの逞しい胸板の感触に眩暈がする。何より、お尻に当たる硬いものの正体は、考えたくない。

「朝だから、仕方ない」

「聞いておりません」

男性の生理現象について少しは勉強していたが、実体験として知りたくなかった。

昨日あんなに激しくしたのにと思い、クローディアは自分の思考の大胆さに動揺する。

——私ったら、何てふしだらなことを……！

もう無垢であった頃には戻れないのだ。この身は快楽を知り、純潔ではなくなってしまった。今も逃げなければと頭では指令を出しているのに、温かい湯と抱き締めてくる腕の心地よさのせいで、機を逸している。

「わ、私、こういう不実な関係はお断りいたします……！」

「昨夜はとても積極的だったのに？」

「……ぐっ……、あれはお酒のせいで……！」

そもそも、騙《だま》し討《う》ちに近い形でクローディアを酔わせたのは、彼ではないか。飲食を無理強いされたわけではないが、あれは詐欺に等しかった。

「とにかく、困ります」

冷静を装い、震えそうになる声を懸命に抑える。

ここで食い止めなければ泥沼一直線だ。愛人稼業など自分には向いていないし、割り切った大人の関係を結ぶなんて、考えたくもない。

無表情を心がけ、クローディアは後ろに座るシリルを振り返った。

「約束してください。二度と、こんな真似はしないと」

「……想像以上に頑なだな。——それで？　今後はどうするつもりだ？」

「どう……とは？」

今まで通り、何ごともなかった以前に戻るだけだ。

これからも平穏無事に過ごすため、お互いに全て忘れる――それ以外に何があるのか。

クローディアは困惑を露《あら》わに、顔を顰めた。

「誰に慰めてもらう？　酔った君は誰彼構わず身を任せるのかな？」

「はいっ？」

とんでもないことを言われ、クローディアは瞠目《どうもく》した。

内容が、頭に入ってこない。いや、きちんと聞こえたけれど、頭が理解を拒んでいた。

しばし沈黙の時が流れ、酷い侮辱を受けたのだと悟る。

「……失礼です。いくら何でも、口がすぎます。人を見境のない人間のようにおっしゃらないでください。だいたい、お酒を飲んだのは先日が初めてですし、昨夜は知らなくて……！」

「クローディアの、きちんと自分があって意見を口にできるところ、素晴らしいと思う。尊敬している」

「えっ、ありがとうございます……」

湧きあがった怒りは、彼からのまっすぐな眼差しと褒め言葉によって鎮火させられてしまった。

想定外の反応に対応しきれず、振り上げた拳の行き場を見失う。

「普通の女性は、男の意見に従うばかりで面白みがない。あれでは化粧や香水の匂いがきつくない分、人形を相手にしている方がずっとマシだ」

つまり、物珍しさからクローディアはシリルに手をつけられたのか。

納得と落胆が去来して、クローディアは眼を泳がせた。

胸の内に蟠《わだかま》る感情の正体が、自分でも分からない。安堵したのか、屈辱を覚えたのか。それとも傷ついたのか。判別できない思いが沈殿してゆく。

ただ痛みを感じて、そっと胸へ手を当てていた。

「……君はもっと自分に自信を持つべきだと思う。頭が良くて美しいのに、何故不安そうにしている？」

「……私を褒めてくださるのは、シリル様くらいですよ。普通の男性は、可愛くて控えめな女性を好むものですから」

それでも、以前はもう少し自尊心が高かった気がする。こんな自分でも、ケイシーが選んでくれたからだ。

しかし全て覆《くつがえ》されて、粉々に砕かれた。叩《たた》き壊《こわ》されたものは、二度と元の形には戻らない。

「浮気されてしまう女には、眼に見えない欠陥があるのかもしれません」

自嘲と共に吐き出せば、本当にそんな気がしてきた。クローディア自身には見えない瑕疵《かし》が、他人には見えるのかもしれない。だから良心の呵責《かしゃく》もなく捨てられてしまったのではないか。

ぼんやり口にすると、彼が深々と嘆息した。

「馬鹿馬鹿しい……こう言っては何だが、浮気する人間は何度だってする。相手に問題があるからではなく、本人に原因があるからだ。考えてもごらんよ。大切な人を傷つける可能性より、己の欲望を優先させる人間だぞ？　これが欠陥でなくていったい何なんだ」

「……え？」

「つまりクローディアの元婚約者とやらは、自分の下半身のだらしなさを棚上げし、君に罪悪感を押しつけたどうしようもない男だ。悩まされる必要はない。一瞬たりとも煩《わずら》わされるなんて時間の無駄だ」

「無駄……」

その発想はなかった。

「愛する人が長期的に嘆き悲しむ未来より、一瞬の性的満足を選択する人間がまともだと思うか？」

いいやまともじゃないと言い切られ、クローディアは思わず頷いていた。

確かに、考えてみればもっともだ。まともじゃない人とはお付き合いしたくない。

「それからもう一つ。不誠実な相手に謝罪を求めても無駄だよ。ああいう輩《やから》は自分が悪いなんて微塵も思っていない。だからこそ、平気で裏切りを美化できるのだから」

何だか、長い間眼の前を覆っていた靄が晴れた気がした。

考え方や、出発点が違うと理解すると、これまでクローディアが空回ってきた理由がよく分かる。求めても決して得られない救いを望んでいたから、余計に辛くなっていたのかもしれない。

「……シリル様は、すごいですね……私にはとてもできないものの見方です」

「少しは見直してもらえたかな？」

「はい……」

結構辛辣なことを言われた気もするが、不思議と気分は爽快だった。胸のつかえが取れたような不思議な心地だ。この感覚には、覚えがある。

いつ着替えたのかも眠ったのかも記憶にない朝、妙に清々しく眼が覚めたことがある。あの日と、とてもよく似ていた。

「……シリル様、以前にもこうして私を励まし慰めてくれたことがありましたか……？」

思い当たる節があり、クローディアは彼に問いかけた。

完全に忘れてしまった遣り取りだが、だとすれば合点がいく。せっかくの言葉はまるで思い出せないけれど、癒された温もりはちゃんと胸に残っていた。

「君の酔う姿を初めて見た夜のことかな？　僕にキッチンを捕まえろと絡んできた」

「わ、私そんなことを言いましたか？」

愕然とするクローディアに、背後の男がうっそり微笑む。

「とても可愛かった。澄ました姿も素敵だが、予測不可能なクローディアも魅力的だ」

不埒なシリルの手が下へ滑り、湯の中で揺蕩《たゆた》う繁みに触れた。

「やっ、駄目……」

「脚を開いて。昨日も中に吐精してしまったから、責任を持って掻き出そう」

「そ、れはっ……責任を取るとは言いませんっ……」

今更だが、二度も腹に白濁を注がれてしまった。万が一の可能性に思い至り、クローディアは身を震わせる。もしも子を孕んでしまったら、大変なことになってしまう。

きゅっと下腹に力が入った拍子に、白い霧が浴槽の中へ溶けていった。

「もしもの時は、悪いようにはしない」

「どういう意味……っ、ぁ、あ」

彼の二本の指に泥濘を掻き回され、湯とは違うぬめりが溢れる。そんな場合ではないのに、快楽を得てしまう自分は愚かだ。

「……来月からまた、あまり屋敷には帰らない」

「え？　……あっ」

「面倒だが、外せない用事がある。――……すぐに戻ってくるから待っていてくれ」

待っていてくれと頼むシリルの真意が図れず、クローディアは答えられないまま彼の指戯に溺れた。

シリル自身もまた、返答を望んでいなかったらしい。

内壁を激しく擦られ穿たれ、何も考えられない。真っ白に染まる思考の中で、クローディアは幾度も鳴いて高みに達した。

その日から、『酒さえ飲まなければ問題ない』という結論に達したクローディアは、厳しく己を律するようになった。

まず一番に、今月はずっと屋敷に滞在しているシリルが出してくれるものには、一切手をつけない。

自分が頷いたからには、話し相手を務めるという約束を反故《ほご》にはできず、呼ばれれば彼の部屋に通ったけれど、何も飲み食いしなければ、妙なものを混入される恐れはなかった。

更に普段の生活でも、徹底してアルコールが入っているものを排除し続けた。匂い付けなどに使われた分はこれまで多少摂取していたとは思うが、それさえ避ける。

ケイシーから送られてきた酒の残りは、固く栓をして戸棚の奥だ。捨てたかったが子供に罪はないので、悩んだ末見えない場所に封印することにした。

そうして気を張り生活すること三週間。

至極平穏な日々が送れている。まるで過ちを犯す前のようだ。

可愛いエリノーラの笑顔に癒され、教師として充実した毎日をクローディアは謳歌《おうか》していた。

月が変わり、シリルが不在であることも大きい。

彼は約二週間前から王都に行っており、姿も見ていなかった。兄が戻らないことをエリノーラが嘆くこと以外は全て順調——のはずだ。

——すぐに戻ると言っていたのに……私が拒否したから、別の女性のもとに行かれているのかしら……

脳裏を掠めた可能性に頭を振る。

関係ないと頭を切り替えても、数分後にはクローディアの思考は同じ場所に戻っていた。

——お盛んなことで何よりね。そうよ、このままよそに眼が移ってくれたら、万々歳よ。もう私が煩わされることはなくなるじゃない。

めでたいことだと思うのに、心は裏腹に沈んでいった。日を追うごとに重くなる原因を、突き詰めたくはない。

クローディアは抱えた教材を握り締め、深々と溜め息を吐いた。

窓に映るのは、地味な服を纏い髪をひっ詰め、分厚いレンズの眼鏡をかけた冴えない女。

自分が望んだ姿がここにある。

クローディア・オルグレンではない別の誰かとして、他人の好奇の眼に晒されず生活したかった。いっそ埋没するように、その他大勢になりたかったのだ。

――特に、異性を意識するのが煩わしかったから、『レディ』ではあっても『女』として扱われない家庭教師という職は、ピッタリだと思ったのに……

今は、女性として魅力が乏しい自分の姿が、酷く惨めだ。

嫌な妄想だけが逞しくなり、シリルと一緒に過ごしているだろう魅力的な女を勝手に作り上げてしまう。

きっと肉感的で髪が美しい、整った顔立ちの人だろう。話術にも秀でて、相手を飽きさせないはずだ。ひょっとしたら、甘え上手かもしれない。いや逆に男性を甘えさせてあげられる包容力を持つ人の可能性もある。

どれもこれもクローディアにはない美点。憧れがあっても、身に着けられない長所。

――まさかヘレナのように儚くて、庇護欲をそそる人だったら……

ぞっと背筋が震えた。他の誰でもなく、彼にだけはそういう女性を選んでほしくなかった。

「ば、馬鹿馬鹿しい。私には関係ないことよ」

たった二週間程度離れただけで、クローディアは彼のことばかり考えていた。一人になると、尚更思考の隙間にシリルが忍びこんでくる。

こんなことではいけない、と気を取り直し、大きく息を吸った時。

「クローディア先生、何か悩みがあるのですか？」

エリノーラが可愛らしい顔を心配そうに歪めていた。

「えっ？」

しまった。今は授業中だった。

現実に引き戻されたクローディアは慌てて頭を振る。

「ご、ごめんなさい。少しぼうっとしていたみたい」

「窓を睨みつけながら、独り言をおっしゃっていましたけど……」

「な、何でもありません！　それより、もう解けたのですか。流石エリノーラ様だわ。もう教えることがないみたい」

強引にごまかし、話題をすり替えた。彼女は釈然としない様子だったが、褒められたことが嬉しかったのか、相好を崩す。

「先生の教え方が上手いからです」

「エリノーラ様が優秀で真面目に取り組んでいるからですよ。切りが良いので、休憩にしましょうか」

手早くお茶の準備をし、クローディアは聡《さと》い彼女の気を逸らせたことに安堵していた。

――言えないわ。エリノーラ様だけには、絶対。

シリルには微塵の関心もない振りをしなければならない。

「――お兄様ったら、いつ帰ってくるのかしら。先生は聞いていらっしゃらない？」

だから、まさかエリノーラの方から話題を振られるとは思っておらず、クローディアは危うくお茶を噴き出しそうになった。

「ぐ、ふっ……わ、私は存じ上げませんけど……？」

そもそも何故、家庭教師如きが次期侯爵様の予定を把握していると思ったのか。

疚《やま》しさがあるクローディアは、彼女の眼を見ることができず、激しく視線をさまよわせた。

「そうですか……お兄様と先生はとても仲が良さそうでしたので、個人的なお話をされているのかと思ったのですけど……」

「そんなはずありませんよ？　三人で湖へ行った時以外、直接お話したこともほとんどありません」

少なくとも、昼間は。もっと言うなら、素面の時は。

ダラダラ流れる汗は素早く拭い、クローディアは無理やり口角を上げる。顔の筋肉が痙攣しそうだが、傍から見れば笑顔として捉えてもらえるだろう。

「そうですか……残念……」

あからさまに落胆したエリノーラは力なく肩を落とした。その様子にクローディアの中で罪悪感が生まれる。

――私が悪いわけではないのに、胸が痛いわ……っ！

「シ、シリル様は本当に多忙なのですね。いつも何をされていらっしゃるのですか？」

領地経営についてはまだ現役のヘイスティング侯爵が担っているし、政府の役職に就くには若すぎる。そんな彼が頻繁に出かける理由が、クローディアには分からなかった。

考えられるのは、遊び歩いているか、より良い結婚相手を探して出会いの場を渡り歩いていることくらいか。

どちらにしても面白くない想像に、自然とクローディアの眼が険しくなってしまう。眼鏡があって、本当に良かった。

「私は詳しく分からないのですが……ご友人とお仕事をされているそうです」

「友人？」

「はい。領地が隣りあっていて昔から仲の良い幼馴染の方がいらっしゃるのです。伯爵家の嫡男で、私も妹のように可愛がっていただいています。難しいことはよく分かりませんが、その方と何やらされているらしいです」

「そうですか……」

モヤモヤとする理由も権利もないはずなのに、気にかかる心境は止められない。

クローディア自身にも説明がつかない感情が渦巻いていた。

──すぐ帰ると言っていたのに……だけど私は、シリル様の交友関係も知らないのね……

その時、廊下を複数の足音が通りすぎていった。一つが子供部屋の前で立ち止まり、ノックする。

「エリノーラお嬢様、シリル様がお戻りになりました」

「えっ、お兄様が？」

メイドの言葉に喜色満面で立ちあがったエリノーラを引き留めることはできない。クローディアは苦笑して、「お迎えに行ってください」と告げた。

「先生も一緒に！」

「いえ、私は……っ」

無邪気に腕を取られ、断る間もなく部屋を連れ出される。そのまま階段を下り、玄関ホールに向かった。

家庭教師が、家人を出迎える理由はない。いつもの癖で、クローディアは背中を押してくれる根拠を求めてしまった。

明確なそれがないと、『したかったから』というひどく曖昧な気持ちを持ち出さなければならなくなる。

——エリノーラ様にお願いされたから、仕方なく？　いいえ違うわ。拒むことも、可能だもの。それなら何故。

自分は今、シリルに会いたいのだろうか。

会えばまた、ズルズルと不適切な関係を結んでしまいそうな自分が怖い。

——そうか、私……毅然と拒否できなくなるかもしれないから、戸惑っているのだわ……

見つけた答えに納得する。だから会いたくない。会うのが怖い。彼といると理性を保てなくなることが恐ろしい。それでも——

「ただいま、エリノーラ。それに、クローディアも。会いたかった」

シリルの顔を見た瞬間、抱いた感情は喜びだった。

直前まで感じていた苛立ちもモヤモヤも、一斉に霧散する。全てを凌駕して湧き上がったのは、歓喜。

久し振りに見る彼は、相変わらず光り輝くような華やかさを放っていたが、少し疲れた様子で笑っていた。

胸が締めつけられる痛みに、クローディアも認めざるを得ない。

——ああ、私……シリル様に会いたかったんだわ……

この二週間、どんなに強がりを発揮しても、寂しかった。

彼と自分の繋がりは、シリルが強引に取り結んでくれなければ、簡単に途切れるものだと思い知らされた。

女としての自信など、元婚約者たちに粉々に砕かれ、今のクローディアの中には欠片も残っていないのだ。だから、彼のどんな言葉も態度も、本当の意味で心に届くことはなかった。

いや、受け入れたくなかったのだ。

またケイシーと同じように信じこみ、裏切られたくなかったから。

「お兄様！　とてもお会いしたかったわ。私、寂しくて寝こんでしまいそうだったのよ」

「それは困るな。お姫様、王都で流行のお守りを買ってきたから、許してもらえますか？」

冗談めかしたシリルが跪《ひざまず》いてエリノーラに差し出したのは、七色の石をあしらったネックレスだった。

十の少女にはやや大人びたデザインがお気に召したのか、彼女は輝く笑顔になる。

「素敵！　こういうの、欲しかったの。どうして分かったの？　お兄様」

「愛しい妹のことなら、何でもお見通しだよ」

兄の頬に感謝のキスをするエリノーラはとても可愛い。クローディアとは違い、全身で喜怒哀楽を表現できる。

羨ましいな、とクローディアが見下ろしていると、ふいに彼が顔を上げた。

「君は、お帰りのキスをしてくれないの？」

「ご冗談はやめてください。――……お帰りなさいませ。お待ちしていました」

ぼそぼそと歯切れ悪く口にするのが、クローディアの精一杯だった。しかしシリルは眼を丸くし、直後に破顔した。

「ありがとう。そう言ってくれると嬉しいな」

妹を抱いたまま立ちあがった彼は、優しく目元を綻ばせる。

「お兄様、今度は何日滞在できるの？」

「一週間はいたいと思っているよ」

「また湖に連れて行ってくださる？」

「天気とエリノーラの体調が良ければね」

首筋に抱きつく妹を軽々と抱え、シリルは改めてクローディアを見つめてきた。

「もっと早く用事が済むと思っていたんだが、思いの外手間取ってしまった。一刻も早く帰りたかった」

視線を注がれたまま言われると、まるで自分に向けて吐かれた台詞のように感じてしまう。

実際は、エリノーラに言ったに違いないのに。

眼が逸らせないまま、クローディアは腹の前で忙しく指を組み替えた。気の利いた言葉一つ言えない自分を、彼は呆れているのではないか。

怖々視線を上げれば、至極優しい瞳に見返された。

「君が待っていてくれていると知っていたら、飛んで帰ってきたのに」

「……っ、お戯《たわむ》れを」

熱を孕んだ頬が火を噴きそうだ。慌てて背けた顔を、誰にも見られていないことを願わずにいられなかった。

「お兄様、私クローディア先生に褒められたのです。優秀ですって！」

「それは素晴らしい。僕にも勉強の成果をみせてくれるかい？」

「勿論よ、お兄様。私のお部屋に来て！」

床に下ろされたエリノーラが、シリルの手を引く。そしてもう片方の手は、クローディアと繋いできた。

「ふふ。こうしているとお兄様とお姉様に囲まれているみたい」

「悪くないね」

「えっ」

三者それぞれの声を上げ、揃って階段を上がった。

エリノーラにきっと他意はない。単純に感じたままを口にしただけだろう。分かっていても、クローディアは動揺を隠せなかった。

お姉様という言葉が、『兄の妻』という意味にも聞こえたからだ。

——馬鹿ね、身分違いも甚だしいわ。深い意味なんて、どこにもないのよ……。

「……今夜、部屋に来てくれるね?」

こっそり囁かれた彼の言葉に、身体の芯がゾクリと震えた。

耳から注がれた媚薬が全身に回ってゆく。クローディアの思考力と判断力を鈍らせる、魅惑的な誘惑が。

喉が干上がり、声が出ない。ならば首を横に振ればいい。

もうあんな関係を結ぶ気はない。部屋にもいかない。約束分は支払ったのではないか。

頭が命じる指令に、クローディアは従おうとした。けれど、実際にできたのは弱々しくもはっきりとした返事だけだった。

「……はい」

エリノーラには気づかれないように交わした約束は、ひどく淫靡な香りを放っていた。

「……ふ、ぅくッ……ん、ん……」

クローディアは自らの口を押さえ、必死に声を噛み殺した。

古いキャビネットの上に浅く腰かけ、大きく脚を開いている。中央にはシリルが陣取り、激しく腰を打ちつけてきていた。

「……くぅっ……う、んッ」

前に立った彼はトラウザーズを寛げただけで、髪さえほとんど乱れてはいない。クローディアも、下着を脱がされただけの状態だった。

ただ、爪先に引っかかり絶妙なバランスを保った室内履きがパカパカと揺れている。落ちそうで落ちない動きは、とてもいやらしかった。

「ん、ぁアッ……」

両足を抱えられた淫猥な体勢で、クローディアは目尻に涙を浮かべた。

気持ちが良い。けれど、声は出せない。

何故ならここがシリルの部屋でもなければ、人目につかない深夜でもないからだ。

今日は朝から少し咳が出てしまったエリノーラは、大事を取って一日安静にしている。そのため、クローディアの仕事もお休み。

繕い物を終わらせてしまえば、後は自由。アリステリアに手紙でも書こうかと自室で思案していたところ、彼に連れ出されていた。

『シリル様、一緒にいるところを誰かに見られでもしたら……』

余計な誤解を生む。間にエリノーラがいてこそ、クローディアとシリルは共にいても怪しまれないのだ。

引かれた手を強引に振《ふ》り解《ほど》こうとし廊下で押し問答していると、今まさに階段を上がってくるメイドの声が聞こえた。

『こっちへ』

慌てふためくクローディアを、彼は素早く近くの部屋に連れこんだ。そこは、雑多な物を一時的に収納する物置だった。

奥行きはあまりなく、灯《あか》りさえ用意されていない。薄暗く埃臭《ほこりくさ》い狭い空間で、二人は息を凝らした。

よく考えてみれば、ここまでこそこそと隠れる必要はない。さりげなく別方向にでも歩き去れば良かっただけだ。

しかし焦ったクローディアは、ついシリルに従ってしまった。

『――シリル様がお屋敷にいらっしゃると、仕事も楽しいわね』

『分かるわ。気分が華やぐのよね。まぁ、私たちなんて眼中にないと思うけど！』

若い娘の楽しげな声が、小部屋の前を通過してゆく。あと少し……と思った刹那、なんと彼女たちは立ち止まった。

『ご尊顔を拝見できるだけでも僥倖《ぎょうこう》よ。一日の疲れが吹き飛ぶもの』

『眼の保養よねぇ』

本格的に立ち話を始められては、いつまでたってもここから出て行かれない。それ以前に、もしやこの物置に用事があるのではと、クローディアの背中を冷たい汗が伝った。

流石にこの状況で見咎められれば言い逃れはできない。完全に黒である。

『どうしましょう……シリル様……っ？』

唇の形だけで問いかけたクローディアは、キスで口を塞がれていた。

こわばっていた身体を彼に掻《か》き抱《いだ》かれ、小部屋の奥に置かれたキャビネットに座らせられる。

『何をっ……』

『静かに。彼女たちに聞こえてしまう』

人差し指を立て、沈黙を示唆したシリルは片眼《かため》を瞑った。声を出しかけたクローディアは、グッと押し黙るより他にない。

彼の手が淫らな目的を持ってこちらの身体を這《は》い回《まわ》り、慎み深い黒のスカートをたくし上げられ脚に触れられても、抵抗などできるわけがなかった。

大きな物音を立ててしまえば、絶対に彼女たちに見つかる。そうなれば。身の破滅だ。

慌てて自分の口を塞いだクローディアを見て、シリルは嫣然《えんぜん》と微笑んだ。

『いい子だ』

そして冒頭に至る――

クローディアが拒めないのを良いことに、彼はやや強引に身体を繋げてきた。

狭苦しい空間ではろくに動けず、穿たれる衝撃を全て受けとめるしかない。廊下には、相変わらず立ち話に興じるメイドたち。

クローディアは快楽に流されそうになる度、彼女たちの声で理性を掻き集めた。

「……気持ち良い？」

シリルが上半身を倒し、クローディアの耳に直接唇をつけて囁く。吐息がゾクゾクとした熱に変わった。

「……ゃ、くッ……」

ぐりぐりと奥を小突かれ、太腿が痙攣した。

制約が多いせいか、いつも以上に敏感になってしまう。いや、この数日間いつもクローディアは翻弄されてしまっていた。

酒を飲んでいないにも関わらず。

今だって頭はしっかり冴えている。欠片ほどにも酔ってはいない。だが、判断力は低下していると言わざるを得なかった。

昼日中からこんな場所で、すぐ傍に他人がいるのに淫らな行為に耽《ふけ》っている。しかも、適切ではない相手と。

こんなこと、クローディアの常識では考えられないし、やってはいけないことだ。分かっていても拒みきれない手は、シリルの背中に回されていた。

おかげで漏れそうになってしまった声は、彼が口づけで塞いでくれる。

「んんっ……」

クローディアの媚肉が、歓喜してシリルの剛直に絡みつく。もっと奥へ誘うように卑猥に蠢いていた。

服の上から乳房を揉まれ、ビクリと背が仰け反る。その拍子に不安定な踵《かかと》がキャビネットにぶつかってしまった。

「——ねぇ、今何か物音がしなかった?」

メイドの一人が不審げな声を上げ、クローディアは眼を見開いた。

まずい、と思ったがもう遅い。別の女性も気がついたのか、同意している。

「ええ。それに人の声も聞こえたような……まさか誰か仕事をさぼって物置で逢引《あいびき》中とか?」

中《あた》らずとも遠からず。いや、ほぼ正解だ。

クローディアは硬直したまま彼を見上げたが、シリルは意地悪く唇で弧を描いた。

「っ——!」

休めていた律動を再開した彼は、先ほどよりも激しくクローディアの隘路を蹂躙《じゅうりん》した。ぐちゅぐちゅと蜜液を飛ばしながら、硬い昂ぶりが出入りする。

粘膜を擦られ、全身が戦慄《わなな》いた。我慢などできず、クローディアはしがみついたシリルの肩に歯を立てる。

——もう……っ、駄目っ……!

達してしまうと覚悟した瞬間、ドアノブが僅かに回った。

暗がりに慣れた瞳には、残酷な現実が映し出される。訪れる最悪の結末に、クローディアが身をこわばらせた時——

「貴女たち、いつまで油を売っているの！」

おしゃべりに夢中になっていたメイドよりも年嵩《としかさ》と思われる声が、大きく響いた。叱責された彼女たちの慌てる気配が、扉一枚隔てた向こう側から伝わってくる。

「も、申し訳ありません！　でも……」

「でもじゃありません！　早くいらっしゃい。いつまでかかっているのよ」

「はい！」

バタバタと走り出す足音が二つ、遠ざかっていった。残されたのは、静寂。

「……残念。僕は見られても全然構わなかったのに」

「ばっ、馬鹿なことをおっしゃらないでください」

想像しただけで身が縮むことを言われ、クローディアは小さめの声で抗議した。まだ近くに人がいるかもしれないからだ。

「見つかると思って興奮した……？　クローディアのここ、ギュウギュウに僕を喰い締めて放さなかったよ」

つ……と臍の下辺りをなぞられ、胎内が疼く。彼の形がまざまざと感じられ、クローディアは己の淫猥さに余計羞恥を煽られた。

「……は……また締まった」

「言わないで……っ」

途中で行為を中断されたせいか、渇望が増していた。飢えた肉体は、蜜を垂らして雄を誘う。

「……肩、噛んでしまってごめんなさい……」

「ああ。何てことない。むしろ、興奮したよ」

軽く肩を竦めたシリルにより、クローディアは体勢を変えられた。抱き上げられ引っくり返されると、今度はチェストに上半身を預けた格好になる。

後ろに尻を突き出した、ひどくいやらしい姿勢だ。

「あ、あの」

「真っ白で、柔らかい。ずっと愛でていられそうだ」

「ひ、あっ」

ひとしきりクローディアの尻を撫でていた彼に再び貫かれ、喜悦が走る。

一気に根元まで埋めこまれた剛直に、眼の前で光が弾けた。

「……あッ、ァあ……あんッ」

パンパンと肉と肉がぶつかる音が、狭い小部屋に木霊する。揺さ振られる激しさで、クローディアはキャビネットにしがみついた。

「いやらしくて、可愛い」

「ふ、あッ……ああ」

まるで獣のような交わりに、背徳感が加速する。しかしいけないと思うほど、快楽は火力を増していった。

シリルに突かれる度、卑猥な喘ぎが押し出される。

理性を擲《なげう》って、今やクローディアは快感を追うことしか考えられなかった。

もっと深く。奥まで来てほしい。誰にも許したことのない場所を、占領してほしかった。

「あああッ……」

鋭い絶頂に喉を晒して四肢をこわばらせる。

一拍遅れて、腹の中に迸りを感じた。

「……ぁ、あ……」

「っく……あ」

クローディアの腿を、生温《なまぬる》い白濁が伝い落ちる。罪の証でもある滴を、彼は陶然と見つめていた。

第四章　大混乱のち大円団

翌日。元気になったエリノーラにクローディアは音楽の歴史を教えていた。

本当はピアノの実技の予定だったが、極力身体を動かさない方が良いと判断したからだ。

まだ安静にすべきという声もあったが、勉強を望むエリノーラのため、クローディアはベッドに腰かけた彼女の横に椅子を移動し、授業を再開することにした。

「少しでも気分が悪くなったら、教えてくださいね」

「はい、先生。無理をして明日も咳が出たら、私が嫌ですもの」

素直な教え子は、神妙に頷く。

クローディアは彼女の肩掛けを直し、背に当てたクッションを整えた。

「大袈裟ですよ。……でもクローディア先生は本当のお姉様みたい」

「だったらお願いしてみたらどうだい？　本物のお姉様になってくださいって」

「――シリル様、どうしてここにいらっしゃるのですか」

ちゃっかりクローディアの隣に陣取ったシリルが、眩しい笑顔を浮かべた。

「勿論、可愛い妹が心配だったからだ」

彼がいると落ち着かない上に素直じゃない行動をしてしまうクローディアを尻目に、全く気にした様子のないシリルは、にこやかに手を振る。

「せっかくだから、クローディアの授業を僕も拝聴しようと思ってね」

「気が散りますので、ご遠慮願えませんか。それにいくら兄妹でも、病床にあるレディの部屋へ押しかけるのは、いかがなものかと思います」

「私なら構いません。クローディア先生。むしろ大歓迎です」

せっかく彼を追い払おうと思ったのに、あえなく失敗した。

エリノーラが許可してしまえば、仕方ない。

「……では教科書を開いて……」

「久しぶりだな、エリノーラ！」

渋々頷いたクローディアが授業を始めようとすると、ノックもなく突然扉を開かれた。

今度は何ごとだと振り返れば、見たこともない若い男性がドアの向こうに立っている。

「フランシス様！」

「おお、また一段と美しくなったな、エリノーラ！　元気そうで何よりだ」

現状、半病人の状態で彼女はベッドに座っているのに、男は満足そうに頷く。そして我が物顔で室内に入ってきた。

「申し訳ありません、お止めしたのですが……」

「……気にしないでいい。もう慣れている。フランシスはこういう奴《やつ》なんだ」

頭を下げるメイドにシリルは溜め息混じりに告げた。どうやら男の名はフランシスと言うらしい。

完全に置いてけぼりにされたクローディアは、眼鏡の奥で瞬きしていた。

何が何だか分からないが、男とヘイスティング家の面々は旧知の間柄であるらしい。

「お久しぶりですね、フランシス様。何年振りでしょう？　昔はよく遊びにいらしていたのに」

「すまない、エリノーラ。色々忙しくてね」

「いくらお仕事でも、お兄様とだけお会いしているなんて狡いわ」

会話の流れで、クローディアはぼんやり彼の正体を察した。

たぶん、この前エリノーラが言っていた領地が隣りあっているという幼馴染ではないだろうか。共に仕事をしていると聞いた覚えがある。

そう思い至って改めて男を見つめると、なかなか整った顔立ちをしている。長く伸ばした髪を後ろで束ね、線が細く中性的な顔立ちだ。

美しくても男性らしさがあるシリルとは違う、妖艶な雰囲気を持つ青年だった。

「おや、こちらは?」

今初めてクローディアに気がついたのか、フランシスが首を傾げる。睫毛が長い。くっきり浮き出た喉仏が話す度に上下した。

「エリノーラの家庭教師をしてくれている方だ。……それよりもお前、何をしに来た」

友人にかけるには辛辣な声で、シリルがぞんざいに言う。フランシスはむぅっと眉間に皺を寄せた。

「お前のせいだろう。シリルが一日だけ休みをくれというから許可したのに、待てど暮らせど戻ってこない。調べたら、領地に帰っているじゃないか！　仕事を放りだして、一週間も何をしているんだ」

「最初に約束を破ったのは、そっちだ。当初の話では、数日で片がつく案件だったはず。二週間も拘束されるなんて、聞いていない」

「だから、予定はあくまでも未定だろ……！」

言い争う男二人の言葉から、クローディアはシリルが長く不在だった理由を知った。具体的な内容は不明だが、女性と一緒ではなかったことにホッとする。

「とにかく、すぐに王都へ戻るぞ」

「断る。僕は休暇中だ」

「お兄様、お仕事を放り出していらしたの？　それは良くないわ」

断固拒否の姿勢を貫いていたシリルは、妹の言葉に眉尻を下げた。

「エリノーラ、せっかく僕が帰ってきたのに、出て行けと言うのか？」

「そんなことは言っていないわ。私だってお兄様と一緒にいたい……でも、お仕事は真面目にしなければいけません。クローディア先生もそう思いますよね？」

「……えっ？」

急に話を振られて動揺する。ただエリノーラの言う通りだと感じたので、クローディアは顎を引いていた。

「与えられた役割を蔑《ないがし》ろにする男性は、嫌ですね」

「……君まで、そんなことを言うのか……」

絶望感も露《あら》わに、シリルが天を仰ぐ。そして、深い溜め息を吐き出した。

「……分かった。行くよ。速やかに用件を片づけて、すぐに戻ってくる」

「次こそ、湖に連れて行ってください」

可愛いおねだりをする妹の頭を撫で、彼は立ちあがった。いかにも渋々という態だが、諦めたらしい。

「そうと決まったら、さっさと出発して速攻で終わらせるぞ」

「お前……本当に自分勝手だな」

呆れたフランシスの言葉を完全に無視し、シリルはチラリとクローディアに視線を寄越《よこ》した。

その間、ほんの数秒。

何か言われたわけではない。これといった合図もなかった。

ただ、眼差しが絡み合っただけ。

しかし短い僅かな時間で、『待っていてほしい』と懇願された気がした。約束を、乞われたと感じた。

だからクローディアは微かに頷いていた。

「……へぇ」

フランシスの物珍しげな呟きは、誰の耳にも届かなかった。


あれから十日。クローディアは今へイスティング侯爵家から遠く離れた場所にいた。

「ずっと座りっぱなしだったから、腰が痛いわ……」

端的に言えば、休暇を貰ったのだ。

シリルとフランシスが連れ立って屋敷を去った二日後、最近頑張っているエリノーラのためにヘイスティング侯爵夫妻が旅行と保養を兼ねた計画を発表した。

曰く、たまには娘にも外の世界を見せ、刺激を与えてやりたいらしい。

最近身体が丈夫になりつつあるから、遠出してみようという話になったそうだ。

喜びで眼を輝かせたエリノーラは、興奮気味でクローディアに報告してくれた。『旅行なんて初めて！』と喜ぶ彼女に、こちらまで楽しい気持ちになってくる。

しばらく授業は中断。

エリノーラが不在の間ヘイスティング侯爵邸で留守番をしていても良いのだが、他の使用人たちと仲がいいわけでもないクローディアとしては、居心地が悪い。

考えた末、先日子供が生まれたと連絡をくれたアリステリアに、会いに行くことを決めた。

電車や馬車を乗り継ぎ、移動すること三日間。

すっかり疲れ果てた頃、クローディアは叔母の夫となったケビンの別荘に到着していた。

「ようこそ、クローディア！　よく来たわね、久しぶり。元気そうで安心したわ」

「叔母様こそ。産後間もないのだから、横になっていらして」

天使のような赤子を抱き、アリステリアは歓迎してくれた。早速生まれたばかりの子供をクローディアも抱かせてもらう。

ふにゃふにゃで温かく、とても頼りない。しかししっかりとした重みが、生命力を感じさせてくれた。

「壊してしまいそうで、怖いわ」

「私とケビンの子だもの。大丈夫よ」

爪がついているのが不思議なくらい小さな指を突くと、きゅっと握られる。案外強い力に、クローディアは驚いた。

「……よくできているわ」

「ちょっと、工芸品じゃないのよ」

笑いながら窘《たしな》めるアリステリアは、すっかり母親の顔だ。満たされた幸福感に光り輝いている。

――羨ましいな……

ごく自然に、そう感じていた。

愛する人に同じ想いを返され、次の世代に繋げる。

女に生まれたからには、皆当然同じ道を辿るのだと思っていたのに、まさかそれがこれほど困難な選択肢だったとは。

クローディアは考えてもみなかったし、知ろうともしてこなかった。

愛情が通じ合うのは、たぶん奇跡なのだ。当たり前のことじゃない。

運と努力の果てに、ようやく掴《つか》み取れる未来なのかもしれない。待っているだけでは、駄目だった。

──だけど私は……

脳裏に浮かぶのは、たった一人だ。

シリル。

待っていてほしいというのは、どんな意味がこめられていたのだろう。聞きたいが、あと一歩勇気が及ばない。

この恋情が実ることなどないと、知っている。身分差は勿論、正体を偽っているクローディアなど論外だ。

しかし理屈じゃなかった。一日中彼のことを考えてしまうことこそ、答えではないのか。

「……はぁ……」

「悩ましい溜め息を吐いて、どうしたのよ？　まさか恋愛問題？」

赤子をクローディアの腕から抱き上げ、アリステリアが鋭く抉《えぐ》ってきた。こういうことに、叔母は聡いのだ。

「やだ、図星？　まさか──」

「ち、違っ、あの方は……」

「まだケイシーのことを忘れられないの？」

「……え？」

シリルとのことがばれては大変だと思いクローディアはごまかそうとしたが、予想外の名前が出てきて驚いた。

ケイシーのことなど、これっぽっちも思い描いてはいなかった。

一瞬『誰？』と本気で思ったくらいだ。

「あの、ええと……どうしてここであの方の名前が出てくるのでしょう？」

「だってこのところ、頻繁にケイシーから貴女に手紙が届くのよ。いちいち送っていられないから数日分纏《まと》めて転送するつもりだったけど、あんまり多いから嫌な感じがして止めていたの」

「ええ……？」

クローディアの手元には、酒の一件以来彼からの手紙は来ていない。つまりあの後、数が急増したということか。

「しかも妙に分厚いし……見てみる？」

「え、ええ……」

本音では見たくないが、叔母の手元で溜めてもらうのも気が引ける。仕方なくクローディアは小山になった手紙の束と対面することになった。

「……こんなに?」

「ちょっと気持ち悪いわよねぇ。ほぼ毎日、場合によっては日に何通か届くのよ」

もともと筆まめな人であったと思う。婚約者だった時にも、甘い言葉が綴られた手紙を幾つも送ってくれていた。

当時は舞い上がって感激したものだが、今となれば気味が悪いだけだ。

「いったい何なの……」

日付順に並べてくれていたアリステリアに感謝して、クローディアは古いものから開封した。中からは、子供の誕生を知らせてきた時とは打って変わって、びっしり文字が並んだ便箋が何枚も出てくる。

正直、読むのも面倒臭い。クローディアは流し読みしつつ、次々に封を開けた。

「いったい何が書かれていたの?」

気持ち悪いと言いながら、叔母も興味はあるらしい。だがどう答えていいものか、クローディアは困ってしまった。

要約すると、復縁を迫る内容だったからだ。

厚顔にも、『何もできない甘えるばかりのヘレナより、今になってクローディアの良さが身に染みている』と書いているのだ。

恥知らずとは正にこのことではないか。子供まで作っておいて、寝言は寝て言えである。

言い淀むクローディアの手から手紙を抜き取ったアリステリアはざっと眼を走らせ、この上なく嫌な顔をした。

「……燃やしても、良いかしら?」

「是非お願いします。でも、一応最後まで読まなくちゃ」

「律儀ねぇ」

呆れる叔母を尻目に、クローディアは次の封筒に手を伸ばした。

ケイシーの『自分は騙された。君が与えてくれた無償の愛に甘えてしまった』という自己憐憫が次第に色を変えてゆく。

被害者ぶった筆はいつしか『何故、返事を寄越してくれないのか』という攻撃的なものに変わっていた。

「あ……そう言えば、最初の手紙にも返信していなかったわ……」

酒と一緒に届けられた、幸せいっぱいの誕生報告。あの後色々ありすぎて、クローディアは返事を書くことをすっかり失念していた。両親とアリステリアには書いたけれど。

「別れた女が、いつまでも自分を好きでいてくれると信じこむ、典型的な男ねぇ」

クローディアが読み終った便箋を叔母も眼を通し、失笑した。

確かにケイシーの文章からは、『まだクローディアは自分を愛している』と信じて疑わない様子が見てとれる。

あんな酷い別れ方をしてどうしてそう思えるのか、甚だ疑問だ。普通なら二度と会いたくないし、顔を見るのも声を聞くのもご免ではないのか。

でも、とクローディアは一瞬便箋を捲る手を止めた。

――もしもあの一件の直後だったら、私は今と同じ冷静な気持ちでこれを読めたかしら……

二人の密会に遭遇し、木っ端微塵に心を砕かれた後、ヘイスティング侯爵家に家庭教師として赴く前だったら。

エリノーラに慕われ自尊心を取り戻し、シリルに甘えさせてもらい求められる喜びを知る前であったなら。

たぶん、やり直そうとケイシーに乞われれば、頷いていたかもしれない。

いくら強がっていても、クローディアの中には弱くて脆《もろ》い部分がある。

シリルはそんな面も許容し、『可愛い』と何度も言ってくれた。だからこそボロボロになった心は、癒されたのだ。

「……こんなくだらない手紙を書いていないで、ケイシー様は育児で大変なヘレナを支えるべきだわ」

昔の女に割《さ》く時間があるなら、守るべき家族に使う方が正しい。

哀れな元婚約者の戯言《たわごと》に、クローディアは付き合うつもりがなかった。

しかし、今朝届けられた最新の手紙を読んだ時、半眼になっていた眼を大きく見開く羽目になる。

「何ですって……っ？　ここへ来る……？」

便箋の最後の行は、『いつまでも君が無視するから、直接会いに行く。これは、旅の途中で出した手紙だ。楽しみに待っていてくれ』という一文で締めくくられていた。

「えっ、ここへ来るの？」

アリステリアにその件を告げると、彼女はあんぐりと口を開いた。

ケイシーはクローディアが叔母の夫であるケビンの別荘にいると信じているから、押しかけようとしているのだろう。

だが今、家主であるケビンは仕事で不在だ。アリステリアの腕の中には、生まれたばかりの赤子。

こんな状況で、厄介事を持ちこむなんてとんでもない。

「私すぐにヘイスティング侯爵家へ帰ります」

「いえ、彼は貴女がここにいると思いこんでいるのでしょう？　たぶん、顔を見るまで納得しないわよ……こんな片田舎まで押しかけてくるぐらいだもの」

「ではどうしたら……」

ケイシーは優男ではあるが、男性だ。この屋敷にいるのは女と老人ばかり。許されるなら、会わずに済ませたい。

クローディアが玄関先で追い返す方法を思案していると、老齢の使用人が客人の来訪を告げてきた。

「奥様、ファレル子爵家のケイシー様が、クローディア様へ面会を求めていらしていますが」

「もうっ？　早いわね！」

頬を引き攣らせたアリステリアがクローディアを振り返る。その瞳は『私が追い返そうか？』と問いかけてくれていたが、出産間もない叔母に、そんな重責を負わせるわけにはいかなかった。

「いえ、私がお会いします」

きっぱりと宣言し、背筋を伸ばす。

だが、クローディアの脚は小刻みに震えていた。

婚約破棄のゴタゴタは全て代理人が処理してくれたので、最悪のあの日以来、初めて彼と対面する。

考えただけで逃げたくなるが、これも試練だと思おう。

——今日で、全てのことに片を付ける。過去に囚われるのは、もうお仕舞《しま》い。

自分の脚で一歩踏み出すことができたのなら、きっと何かが変わる。なりたい自分に近づくことができる。

クローディアは大きく息を吸いこんで、ケイシーを応接間に通してくれるよう言った。

「……本当に大丈夫？」

「はい。ですが念のため、叔母様は別室に避難していてください。この子も、びっくりさせては可哀想ですから」

無邪気に眠る赤子の頬を撫で、クローディアはアリステリアに退室を促した。穏便にことが済めば良いが、保証はできないと思ったからだ。

多すぎる手紙にこめられた身勝手な主張と粘着性に、不穏なものを感じずにはいられない。

「でも……」

「今日丁度、私がここに到着したのも何かの縁です。心配しないでください。彼は暴力を振るうような人ではありません」

空元気で言い放ち、どうにか笑みを浮かべた。

結婚を前提にして交際していた時、自分はケイシーの何を見ていたのだろう。

少なくとも、こんなに強引で非常識なことをする人間ではなかった。

――もっとも、婚約者の友人に手を出す軽率さも、私は見抜けなかったのよね……

「何かあったら、大声で叫ぶのよ。すぐに駆けつけるから。一応男性の使用人も集めておくわ。……みんな高齢だけど」

若干頼りない援護を受け、クローディアは叔母と赤子に隣室へ移動してもらった。

心配するなと胸を張ってみたが、内心不安で堪らない。しかしこれは自分が解決しなければならない問題だ。

ぐっと拳を握り締め、クローディアは元婚約者を出迎えた。

「……待たせてごめん。僕が悪かった、クローディア……！」

応接間に通されるなり、彼は瞳を潤ませながら宣った。まるで、感動の再会であるかのような空気に、こちらが困惑してしまう。

「お待ちした記憶はありませんけど、どうぞおかけください」

「まだ怒っているのかい？」

まだ、とは何だ。許されることが前提である台詞に、首を捻《ひね》る。

「怒ってはいません」

むしろどうでもいい。腹を立てているとすれば、別件だ。幼子を抱えた妻を放り出して何をしているのだという憤慨である。

「……ヘレナは一緒ではないのですか」

「当たり前じゃないか。僕はやっと真実の愛に気がついたのだから！」

自分に酔ったケイシーは、身を乗り出してクローディアの手を握ってきた。

「離してください！」

「苦しめてごめんよ、クローディア。こんな田舎に引き籠ってしまうほど、僕を愛してくれていたのに……愚かな僕は道を踏み外してしまった。でも、聡明《そうめい》な君なら許してくれるだろう？」

「はぁ……？」

実際のクローディアは婚約破棄後、しばらく寝こみはしたがその後はサクッと気分を切り替えて、ヘイスティング侯爵家に居を移していた。そして日を追うごとに、元婚約者のことなど思い出しもしなくなっていたのである。

しかしケイシーにとっては、未だに傷心を抱えて療養中と認識されているのだろう。

そう周りに思われるよう偽装したのだから、当たり前かもしれない。けれど、迷惑この上なかった。

「……お子様の誕生祝の記念品をいただいた時は、流石に腹が立ちましたけど、もう気にしていません」

だから手を離してほしい。

「あれはヘレナが勝手にやったことなんだ！」

「別に、どちらでも構いませんよ。私には関係ありません」

クローディアはがっちり掴まれた右手を取り戻そうとして足掻いた。力が弱そうに見えても、やはり男性だ。両手で包まれてはびくともしない。

「君のために、全て清算するよ。ヘレナとは別れる。だから戻ってきても大丈夫だ。これからは僕と幸せに暮らそう」

全く会話が成り立たなくて、うんざりした。

原因は、二人の前提条件が違うからだ。

クローディアにとって、ケイシーは過去の汚点。もう自分は新たな道を歩み始めている。振り返る必要すらない『終わったこと』だった。

対して彼にとっては現在進行形の問題なのだ。しかも美化され、都合よく改変されている。

たぶん、思い描いた未来と現実が重ならなかったのだろう。

いくら自分たちに都合よく取り繕ったところで、人の口に戸は立てられない。ケイシーが一方的に婚約者を捨てたという噂は、方々で囁かれていたそうだ。

アリステリアからの手紙でクローディアは知ったが、そのせいでファレル子爵家は社交界にて笑い者になっていたらしい。当然、妻に収まったヘレナも同じだ。

不実でだらしない夫婦という烙印を押され、つま弾《はじ》きにされ、随分肩身の狭い思いを味わったと聞いている。

当事者である二人にとっては、針の筵《むしろ》だったのではないか。

ましてヘレナはこれまで、蝶《ちょう》よ花よと育てられてきた人だ。冷笑や侮蔑など、向けられたことがない。相当辛い思いをしただろうことは、想像に難くなかった。

おそらく、新婚生活は順風満帆とはいかなかったのだろう。

家族からも距離を置かれていたそうだから、手助けを期待できなかったに違いない。

甘やかされて育ったヘレナに家庭を守る役割をこなせるわけもなく、次第に苛立ちを募らせて、夫婦の関係はぎくしゃくしていった。支えられる甲斐性がないケイシーは、クローディアを逃げ道にしたのだ。

——哀れだわ……

かつては好きだった男を、クローディアは痛ましい想いで見つめた。心の内にあるのは、愛情ではなく同情だけだ。

「ケイシー様、早く奥様の元へお帰りください。日が暮れてからでは大変でしょう?」

「何故つれないことを言うんだ、クローディア。もう僕は君を一人にはしないよ!」

「私は一人ではありません。それに、貴方と一緒にいても、孤独は癒《いや》されませんから」

自分の居場所は彼の隣ではない。また、クローディアがケイシーの居場所になるつもりもなかった。彼が喋る毎に、気持ちが冷めてゆく。

「クローディア……！　僕は後悔している。君を選ばなかったことを……！」

「はっきり申しあげます。貴方の後悔なんて、どうでもいいのです。今大切なのは、ご自分の家族でしょう?　ヘレナと子供……そのことだけをお考え下さい。揺るがない現実の前にケイシー様の悔いなんて、何の役にも立ちませんよ」

できる限り穏便に、と心がけていたクローディアの忍耐力は、プツリと切れた。

冷静に張りつけていた無表情も、不機嫌さが露わになってしまう。

「選ぶとおっしゃいましたね?　では、私にも選択する権利はあります。婚約者を裏切るだけでも飽き足らず、孕ませた女性を捨てるような屑《くず》に用はありません」

「ク、クローディア……?」

彼の持つクローディアの印象は、こんなふうに喧嘩腰で喋るものではなかったのだろう。瞠目したまま、アワアワと口を動かす様が滑稽だった。

きっと脳内で都合よく組み立てられた筋書きでは、涙ながらにクローディアが感激し、大喜びで受け入れてくれるはずだったのではないか。

冗談ではない。

「ケイシー様、いい加減大人になられてはいかがですか？　ご自分のしたことに責任を取れないなんて、恥ずかしいと思いませんか。父親なのですから、もっとしっかりしてください」

「ぼ、僕にそんなことを言うなんて……っ、やっぱり君は心の冷たい女なのだな……！」

いっそ見事なほどにクルクル返される掌を、クローディアは冷め切った瞳で見返した。

自分の中に一片の未練もないことを、改めて実感する。眼の前にいるのは、他人よりも無関係な人間だ。

「……そうですね。私、情が薄いのかもしれません。だって、あんなにケイシー様のことが好きだったはずなのに、今はちっともその気持ちを思い出せないのですもの」

「――それは、今は僕に夢中だからだよ」

ノックと共に、返答を待たず開けられた扉。

その悪癖だけは、何もかも完璧な彼の欠点かもしれない。

「シリル様……っ？」

いるはずのない姿に、クローディアは眼を見開いた。

「迎えに来たよ、クローディア。待っていてくれと約束したのに、屋敷に帰ったら君がいなかった僕の絶望が分かるかい？　戻ったら、お仕置きだよ」

「それは……ご家族が旅行に出られたので……」

「知っている。だから君も親戚に会いに行ったと家令に聞いて、馬を飛ばしてここまで来たんだ」

ズカズカと室内に入ってきたシリルは、ごく当たり前のようにクローディアの隣に歩み寄る。そして繋いだままだったケイシーの手を、ぞんざいに叩き払った。

「勝手に僕の婚約者に触らないでもらおう」

「婚約者……っ？」

とんでもない幻聴に眼を剥けば、椅子から抱き上げられ、腰を抱かれる形になった。

「もう、クローディアったら。恋愛問題で悩んでいるのかと思ったら、順調だったのね」

「叔母様っ？」

赤子を抱いて含み笑いを漏らすアリステリアが、続いて室内に入ってきた。何が何だか分からない。

そもそも、シリルが何故ここにいるのか――いや、説明はされたが、クローディアは混乱の極致にあった。

ケイシーも同じなのか、ポカンとしていた顔が段々朱に染まってゆく。

「き、君は誰だっ。突然入って来て無礼だとは思わないのかねっ！」

「きちんと玄関から来訪し、アリステリア夫人に許しを得ている。貴方よりも歓迎していただいた自信はあるな」

後方で、叔母がうんうんと頷いていた。

「なっ……」

「申し遅れたが、僕はシリル・ヘイスティング。君の名前は？」

「僕はファレル子爵家の嫡男、ケイシーだ。……ん？　ヘイスティング……？」

ケイシーの眼が訝《いぶか》しげに細められ、直後にカッと見開かれた。

「ヘイスティング……？　侯爵の……？」

「知っているなら、話が早い」

この国の貴族で、ヘイスティング侯爵家の名を知らない者など、いるわけがない。たちまち真っ青になったケイシーは、ぎこちなくクローディアの方を見た。

「ど、どういうことなんだ……君とこの方は、いったい……」

「話すと長くなるのですが」

「まさか、権力を盾に関係を迫られているのか……？　だから僕の申し出に頷くことができないのだねっ……？」

どう解釈したらそうなるのか不明だが、ケイシーの脳内では新しい物語が組みあがってしまったらしい。

再び涙ぐみ、机をバンッと叩いた。

「クローディアは僕のものだ！」

「残念だが、一度手放した君に出番はない。今はもう、このシリルのものだ」

どっちのものでもない。

二人の男に奪い合われながら、クローディアは自分の眼が死んでゆくのが分かった。

――何なの、この茶番は……

言い争うシリルとケイシーは、互いに一歩も引かず罵り合う。仕舞いには双方でクローディアを引っ張り合った。

「い、痛いですっ、お二人とも放してください！」

「クローディア、昔に戻ろう。幸せだったあの頃に……！」

「早く帰るよ。全く君は本当に小悪魔だな。眼を離したらすぐこれだ」

ガクガク左右に揺られ、腕が痛い。しかも耳元で叫ばれるから、耳鳴りもした。

「クローディアは騙されているんだ！　清純で真面目な君が、遊び人と名高いシリル様とやっていかれるわけがない！　君には似合わないよ！」

「私は……っ、昔の私ではありませんっ」

清純で真面目と言えば聞こえがいいが、要は融通が利かない石頭だっただけだ。勿論、それが一概に悪いわけではない。

しかしクローディアはお堅い自分を変えたかった。違う自分になって、新しい世界を見てみたかった。

自分なりに、努力はしたと思う。傍から見れば些《さ》細《さい》な変化でも、クローディアにとっては大きな覚悟がいることばかりだった。

だから、『合わない』なんて軽く言ってほしくない。

「ケイシー様、私はもう、貴方の知るクローディアではありません」

言葉と共に、可能な限りシリルへ身体を寄せる。凭《もた》れかかるような姿勢は、とても雄弁だった。

「クローディア……君は、そんなふしだらな女ではないよね？」

「ケイシー様……」

「僕は信じないぞっ、クローディアはとても高潔で、僕でさえろくに……」

「ああ、もう、未練たらしい男ねぇ！　脈のない女にいつまで執着しているのよ！」

第三者の声の登場に、クローディアは愕然とした。

今度は誰だ。女性の声だが叔母ではない。使用人とも思えない口調で乱入してきた女は、とても美しい容姿をしていた。

ドレスの裾を見事に捌《さば》き、ヒールの音も高らかに部屋の中央までやって来る。

「クローディアが自分で言っているじゃない！　もう昔とは違うの。アンタとのつまらないお付き合いより、私たちとの刺激的な関係の方が楽しいってことが分からない？」

妖艶に微笑んだ女は、意味深にシリルの肩に手を置いた。

女性にしてはかなり背が高い。シリルよりは低いけれど、平均身長はだいぶ越えているだろう。更にハスキーな声が外見の繊細な美しさと相まって、非常に魅力的だった。

「だ、誰……？」

こんなに綺麗な人を一度見たら忘れないと思うのだが、どこかで会った気もするのに思い出せない。

クローディアは女性とシリルの間で視線を往復させた。

「……お前、ややこしくなるから出てくるなと言っただろう。しかもその格好は何なんだ」

「シリルったら、酷い。私たちの大事なクローディアが困っていたら、助けたいと思うのが人情でしょう？」

「クローディアは僕だけのものであって、お前のものではない。それから呼び捨てにするな」

「やだ、嫉妬？」

軽快に遣り取りする彼らは、既知の仲に違いない。絵になる美男美女の姿に、クローディアの胸はざわついた。

――まさかこの人が、シリル様の恋人……？

「いったい君たちはクローディアの何なんだっ？」

完全に無視された形になっていたケイシーが、業を煮やして絶叫した。机をバンバン連打し、こめかみには青筋が浮いている。

「僕を馬鹿にするのも、大概にしてもらおう！」

「坊やったら、私たちのお仲間に入りたいのかしら。だから駄々を捏ねているの？　一緒に楽しんでみる？」

突然妖しい誘いを持ちかける美女に顎を撫でられ、ケイシーは眼を白黒させた、理解できる許容量を超えてしまったらしい。

「な、な、何を……」

「分かっているくせに……大人の遊びに交じりたいのでしょう？　クローディアは先に楽しんでいるわ。仲間は他にもおりますのよ？　女性も、男性も」

「ふ、不潔な！」

「え、待ってください、ケイシー様。何か誤解なさっていませ……ふぐっ」

元婚約者の脳内でとんでもない話ができあがる予感して、クローディアは会話に割りこもうとした。だがシリルに口を塞がれてしまう。

もごもごと暴れている内に、今度は顔色を蒼白《そうはく》に変えたケイシーが子犬のように震えていた。

「恐ろしい……神に背く行為だ……」

「あら嫌だ。婚約者がいながら、よその女を孕ませた方に言われるとは思いませんでしたわ」

「し、失礼するっ」

脱兎《だつと》の如く逃げ出したケイシーを、追う者も見送る者もなかった。

嵐が去った気分で、残されたのは意味不明の状況だ。クローディアと、その口を塞ぐシリル。

赤子を抱いたアリステリア。そして謎の美女。

――私、また酔っ払っているのかしら……

いやむしろ、今こそ酒に逃げたい気分だ。いっそ全て忘れるまで飲み明かしたい。

「……シリル様、説明していただけますか？」

彼の掌を外し、クローディアは部屋を見渡した。

叔母と赤子に会いに来ただけなのに、どっと疲労感が押し寄せる。

「だから、屋敷に帰ったら君がこちらに行ったと聞いたから、馬を飛ばして来たんだよ。そうしたら元婚約者に絡まれていると聞いて、助けに入ったんじゃないか」

「……ありがとうございます。で、あちらの方は……」

「前に一度会っているのに、忘れたのか？　フランシスだ」

「えっ？」

どう見ても女性でしかない美女は、赤い唇で弧を描いた。

「そんなに俺の変装は完璧だったかな？　まだまだ通用しそうで良かった」

急に男性らしい低い声になった彼女——もとい彼は、満更でもない様子で髪を払った。

「急に私のドレスを貸してくれと言われた時はどうしようかと思ったけれど、どうにか着られて安心したわ」

「丈が足りないのは、応急処置で布を足させていただきました。ありがとうございます」

アリステリアに頭を下げ、フランシスはクローディアに向き直った。

「シリルのやつ、君が屋敷にいないと知って半狂乱だったんだ。一人で行かせるのが不安だから俺もついてきたけど、正解だったみたいだな」

「いや、お前が出てくる必要はなかっただろう。あの男、大混乱だったじゃないか。今頃白昼夢を見たとでも思っているんじゃないか」

「逆に都合がいいじゃないか。ああいう自分が一番大事なタイプは、正論をぶつけるより理解不能な世界に引《ひ》き摺《ず》りこんでやる方が話が早いんだよ。巻きこまれたくなくて逃げ出すと相場が決まっている。現にあの男は、尻尾巻いて退散したじゃないか」

してやったりといった風情で、フランシスは悪辣な顔をした。

その表情は、悪巧みをしているシリルとよく似ていて、二人は間違いなく友人だとクローディアには感じられる。

「……女性の格好が板についているのですね……」

そんじょそこらの女より、よほど綺麗で人目を惹く。いくらアリステリアが協力していても、とても付け焼き刃の女装とは思えなかった。

「だってこれが俺の仕事だから」

「仕事……？　女装が……？」

どうやらクローディアの理解の範疇も越えてしまったようだ。思考停止して、フランシスを凝視してしまう。

「そう。国家にとって情報は生命線。でもいくら王族が間諜《かんちょう》を放っても、貴族のことは貴族にしか分からない。だから色々な変装をして各所に潜りこむってわけ。おかげでいつもパートナーを務めるシリルは、すっかり遊び人の烙印を押されちゃったけど」

「フランシス、あまりペラペラ喋るな」

シリルに窘められ、フランシスは肩を竦めた。

今、もしかしたらクローディアは、とんでもない国家の秘密を聞いてしまったのかもしれない。

「ああ疲れた。申し訳ないがアリステリア夫人、着替えをしたいのですが」

「はい、ではこちらに」

アリステリアとフランシスの二人と赤子が部屋を出て行き、残されたのはクローディアとシリル。

沈黙が痛い。

「……で？　僕が帰るまで何故待っていてくれなかったのかな？」

「……きちんとお約束したわけではありませんし、丁度叔母の出産が重なったので……あら？でもよくこの場所が分かりましたね？　私は『叔母のいる別荘地に行く』と言っただけだったのですが……」

言い訳をしかけ、ふと気がつく。正しい身分は明かしていなかったのだから、アリステリアとクローディアが親戚であることは知られていないはずだ。

不思議に思い、クローディアは首を傾げる。

「さっきフランシスが言ったように、僕らの仕事は王家の意を受け方々の情報を収集することだ。それこそ貴族の話題なら、末端のことまで把握する。だから、オルグレン男爵令嬢が一方的に婚約破棄されて、何の因果か妹の家庭教師になったことも、最初から知っていたよ」

では最初から、全てシリルの手の内だったということか。クローディアは愕然とし、言葉を失った。

「噂では生真面目で慎み深い才女という話だったけれど、生活に困窮したわけでもないのに他家に家庭教師として赴くなんて、随分突飛な行動力を持った令嬢だと感心してしまった。興味を持つなという方が、無理だろう?」

悪戯《いたずら》な表情で片目を瞑り、彼は微笑んだ。

「だが到着してみれば、分厚いレンズの眼鏡をかけて変装みたいにまるで似合わない格好をしている。名前はそのままだが、男爵家を名乗るわけでもない。もしや良からぬ目的を抱いているのかと、僕は警戒してしまった」

「良からぬだなんて、私は……」

「うん。しばらく観察していたら、杞憂《きゆう》だと分かった。君はとても優秀な教師だったし、何よりもエリノーラと真摯に向き合ってくれたから――いつの間にか別の理由で、眼が離せなくなっていたんだ」

とんでもない疑いを晴らそうとした直後、クローディアは澄んだ水色の瞳に魅了され、息を呑んだ。

何度見ても、見飽きることはない。アクアマリンよりも透明で、空よりも果てがない、クローディアを惑わす特別な色。

「昼間の凛とした君も、酔って遠慮がなくなった君も、どちらも素敵だよ。クローディアはさっき、約束したわけではないから僕を待っていなかったと言っていたね。君には言葉で伝えることが重要だと分かった」

一度句切ったシリルは、そこで息を吸いこんだ。

「クローディア・オルグレン。君が好きだ。どうか僕の妻になってほしい」

「……えっ」

片手を取られ口づけられて、クローディアは忙しく瞬きした。

かなり自分に都合がいい幻聴が聞こえた。やっぱり酔っているらしい。そうでなければ、こんなことが、起こり得るはずはないのだから。

「……大変……早く正気にならなくちゃ……水を沢山飲めばいいかしら……それともいったん

眠る？」

「何をブツブツ言っているんだ？　ちゃんとこっちを見てくれ」

「……痛っ」

突然薬指の根元に痛みが走り、クローディアは現実に立ち返った。驚いて見れば、彼がこちらの指に歯を立てている。

思い切り噛みつかれた場所は、赤くなっていた。

「何をなさるのですか」

「早くここに、誓いの指輪を嵌めてほしい。これは、予約だ」

夢でも幻覚でもない証拠に、ジンジンとした痛みがあった。心臓の鼓動と一緒に、それは全身へ広がってゆく。熱を伴い、身体中のありとあらゆるところまで。

「……本気でおっしゃっているのですか。無理に決まっています」

貴族の中でも下位の男爵家と上位の侯爵家が婚姻を結ぶなんて考えられなかった。

シリルの側には、何の利益もない。

仮に彼本人が良くても、ヘイスティング侯爵が認めないだろう。

一度は喜びに満ち溢れて砕かれる——クローディアは耐え難い苦痛を知っていた。

「お気持ちは、嬉しいです。けれど不可能です」

「嬉しいということは、クローディアも僕と同じ気持ちだと解釈して良いね？」

こちらの返事を聞いているのかいないのか、シリルは輝く笑顔になる。眩しさに眼を細め、嘘が嫌いなクローディアは、頷いていた。

「……好きです。なかなか自分の中で認めることができませんでしたが、ずっと惹かれていました」

初対面は最悪だった。こんな気持ちに変わるなんて、今でも信じられないほど、悪印象だった。

いつから心が傾いたのか、クローディア自身にもよく分からない。

エリノーラを加えた三人で湖に行ったあの日から、少しずつ張り巡らせた防波堤は崩されていたのかもしれない。

妹想いの優しさを知り、巧みに人の心に入ってくる彼を拒めなくなっていた。

考えてみればいくら酔っていたとしても、嫌いな男性の部屋に押しかけるなんて、クローディアの性格上考えられないのだ。

結婚する予定であったケイシーでさえ、必要以上に触れられることは抵抗があったのに、シリルには嫌悪を感じなかった。

心と身体が、頭より先に答えを出していたからに他ならない。

ごちゃごちゃ考えるまでもなく、初めから回答は眼の前にあった。問題の解き方を、間違えていただけ。

「だとすれば、何も悩まなくていい。僕は必ずクローディアを妻に迎える。誰にも反対はさせない」

自信に満ち溢れた彼に宣言されると、何も心配はない気がしてくる。任せておけば大丈夫という、妙な確信を抱きそうになった。

「本気で、私を望んでくださるのですか？　どんな困難が待ち構えているか、分かりますよね？」

「君を得られない苦しみに比べれば、困難なんて喜んで引き受ける。だってクローディアなら、一緒に立ち向かってくれるだろう？　君は自分の人生を切り開くために、新しい世界へ飛びこむ勇気を持った人だから」

そこまで言われれば、拒否はできなかった。

迷い弱気になるクローディアを、シリルならば背中を押してくれる。新たな扉の開け方を、教えてくれる。

彼の居場所になりたいと、心の底から願っていた。

「……可愛げがないですよ、私は」

「クローディアが自信を持てるまで、何度でも言ってあげる。君は可愛い。この世界で一番。誰よりも可愛い」

揺るぎなく言い切ったシリルは、甘く蕩けるキスをくれた。

クローディアが大好きな、柔らかい感触。激しく舌を絡め合うのも、軽く合わせるだけの接触も大好きだ。

相手が彼であるという理由だけで、天にも昇る心地がする。

「君は本当にキスが好きだね」

「ん……好き、です」

「やっと素面の時に言ってくれた」

はにかむ彼が愛おしい。クローディアは衝動的に自分からシリルへ口づけていた。もっと近づきたい。離れず、ぴったりくっついていたい。

「大胆だな。それともこれが本当の君で、酒の力を借りなくても出せるようになったのかな。どちらにしても、大歓迎だ」

強く抱き締められ、クローディアからも彼の背中に両手を回した。

この腕の中が自分の居場所だ。

誰にも譲らない。万が一奪われそうになったら、今度は全力で戦おう。

物わかりのいい振りをして身を引くなんて絶対にしない。無様でも、情けなくても縋りついて守りたかった。

「返事は？　クローディア。僕と結婚してくれる？」

「喜んで、お受けいたします」

隙間なく身を寄せ合い、深いキスを交わした。何度も角度を変えて、互いの唇を貪り合う。まるで主導権を得る戦いをしているかのように、絡まる水音は激しくなっていった。

「シリル様が不特定多数の女性とお付き合いしているというのは、嘘だったのですね」

「全部、フランシスの変装だ。毎回化粧や髪型を変えてくるから、別人だと思われたらしい。迷惑な話だ」

「ふふ……あんなにお綺麗なら、男性と疑われることもなかったでしょうね」

女の自分でさえ嫉妬するほど華やかで美しかった。

まさか男性だなんて、まだ少し信じられない。

「ごく稀《まれ》に、聡い者がいると厄介なんだ。そんな時は、わざと親密さを装って逃げる。想像してみてくれ。女装した幼馴染と仲睦まじい恋仲を演じなければならない苦痛を」

心底嫌な顔をしたシリルに、クローディアは笑ってしまった。

彼の心情を思えば笑い事ではないのだが、考えてみるとおかしい。シリルには申し訳ないが、一度見てみたい気もした。

「もしかして、初めてお会いした日に、首筋にあった痣は……」

「ああ、あれはフランシスが悪乗りしてつけたものだ。誤解は解けたかな？」

勝手にふしだらな証拠だと思いこんでいた自分が恥ずかしい。クローディアは申しわけなさから身を縮めた。

「……ごめんなさい……てっきりシリル様の女好きの証明かと思っていました……」

「酷いな。僕を屋敷で待っていてくれなかったことも含めて、厳重なお仕置きが必要だ」

クローディアの背中を抱いていた彼の手が、不審な動きをする。

抱き寄せるのとは別の意図を持ち、下へとおりていった。

「……っ」

腰を通り過ぎれば、その下は昼間触れることが憚られる場所だ。

今日のクローディアの格好は、動きやすい旅装。つまり、無駄にスカートを膨らませてもいない。

布地の下は、それほど防御力がある状態ではなかった。

「あの……っ」

ここは叔母の夫であるケビンの別荘。すぐ近くにはフランシスとアリステリアがいる。無垢な赤子までいる場所で、まさか不埒な真似はするまい。

冗談ですよね？ と上げた視線は、悪辣な微笑みで弾《はじ》き返《かえ》された。

「羞恥に戸惑う君も、可愛らしい」

「……っんんッ」

噛みつくようなキスを受け、身体を這い回る手に翻弄される。クローディアはシリルの肩を叩いて抵抗したが、全く無駄に終わった。

考えてみれば、彼は使用人が扉一枚隔てた廊下にいる状況でも、まるで気にせず迫ってきたのだ。この程度で怯むはずはなかった。

「ま、待ってください！」

「君は待ってくれなかったのに、僕には待てと？ 残酷な人だな。でもそこも好きだ」

ぐいぐいと体重をかけられて、今やクローディアはテーブルの上に上半身を横たえられる状態だった。

真上から覗きこむ秀麗な容貌が、凄絶な色香を放つ。

「一刻も早く、君が欲しい」

「待っ――」

「人様の家で盛るなよ、シリル」

絶体絶命の事態に制止をかけたのは、すっかり男性の姿に戻ったフランシスだった。

「お前、邪魔するなら帰れよ……」

「友人を心配して付き添い、恋敵を追い払ってやった俺に、もっと感謝しろ」

むしろ余計な昏迷《こんめい》を招いたのでは……とクローディアは思ったが、声には出さなかった。シリルがフランシスの声に振り返り、拘束が緩んだ隙にテーブルの上から逃げ出す。

「お、叔母様は？」

「赤ん坊が泣き出したから、今はあやしている」

「そうですか」

男性に押し倒されているところを見られなくて良かったと安堵した。いくら何でも親戚に淫らな現場を取り押さえられるなんて、クローディアの精神が破綻してしまう。とても耐えられない。

服装を改めたフランシスは、線が細く整った顔立ちは変わらないのに、一応男性に見えた。純粋にすごい変装だと思い、クローディアはまじまじと見つめてしまう。

「他の男に見惚れるなんて、許せないな。この小悪魔め」

後ろからシリルに目隠しをされ、驚いた拍子に抱きこまれる。もがいていると、フランシスが快活に笑い出した。

「あっははは、妹だけを溺愛していたシリルが、こうも変わるとはね！　クローディアはなかなかの魔性を持っている」

「魔性……っ？」

小悪魔だとか魔性だとか、彼らはいったい誰のことを言っているのか。真面目一辺倒で生きてきたクローディアには、理解できない。

普通から大きく外れているのは、むしろシリルやフランシスの方だろう。

「これからも友人をよろしく頼む、クローディア」

「呼び捨てにするなと言っているだろう」

「あんまり妬心を撒《ま》き散《ち》らしていると、嫌われるぞ？」

どうにかシリルの腕の檻《おり》から逃れ、クローディアは肩で息をしていた。

疲れた。ものすごく疲れた。本音では、もう今日は休みたい。

「とにかく、全員座ってください」

遠巻きに様子を窺っていた使用人にお茶の準備をお願いし、クローディアはようやく人心地をついた。

いきなりシリルに抱きつかれないよう、充分席を離すことも忘れない。

彼は不満そうにしていたが、襲われるのはこりごりだった。

「ケイシー様を追い払ってくださったことには、お礼を申し上げます。ありがとうございました。それで、これからお二人はどうされますか？　お帰りになられますか？」

「俺はアリステリア夫人に一泊させてもらう約束をした。シリルは――」

「クローディアと一緒に帰る。もしもまたあの男が訪ねて来たら大変だ」

「……来ないと思いますけど」

並の神経なら、二度と関わり合いたくないはずだ。

たぶん、ケイシーの中でクローディアたちは、妖しげな乱交を繰り広げていると勘違いされたに違いない。

考えるだけで気が遠くなる。

しかしヘイスティング侯爵家とファレル子爵家では圧倒的に身分の差がある。よもや、言い触らしはしないだろう。

「……きちんとヘレナのもとへ帰ってくれればいいのですが」

「優しいな、クローディアは。あんな男でも不幸になれとは思わないのか」

「善意だけではありませんよ。私はそれほど良い人間ではありません。……自分のしたことに、最後まで責任を持ってもらいたいだけです」

婚約破棄を切り出した時、彼らはクローディアに責任の一端を担わせた。

当時は受け入れたけれど、今回は自分たちで何とかしてほしい。

優しさではない。これは意趣返しだ。

己の矜持を取り戻すため、意地になっているとも言える。

「……こんな醜い私は、嫌いになりますか？」

「全く。誇り高くて公平だと、感嘆していた」

クローディアは自分の中にある意地の悪さを持て余していたが、シリルはあっさりと受け入れてくれた。

欠点さえ、彼の手にかかれば美点のように語られる。

「ありがとうございます。あの、でも私は一週間ほどここに滞在するつもりなのですが」

「ではその間、君の伯母上と夫君に僕と滞在する許可を取ろう」

欠片も一人で帰るつもりがないらしいシリルは、にこやかに髪を搔《か》き上《あ》げた。

「お前なぁ……陛下の命令はどうするつもりだ」

「今まで馬車馬のように働かされてきたんだ。少しばかり恋人と蜜月をすごしても、許されるだろう」

一歩も譲らぬシリルに呆《あき》れ果《は》てたのか、フランシスが頭を抱えた。

「これは貸しだからな」

「いつかお前にも特別な相手ができたら、休暇取得に協力する」

「精々よろしく頼む」

どうやら交渉は纏まったらしい。当事者であるクローディアの意見は一切顧みられなかったが、しばらくシリルとすごせるのは純粋に嬉しかった。

まるで一足先の新婚旅行だと夢想し、一人頬を染めたのはクローディアだけの秘密だ。

「どうした？　顔が赤い。熱でもあるのか」

「さ、先ほどシリル様があんなことをするからです」

「あの程度で？　いつもはもっと刺激的なことをしているのに」

「お前たち、俺がいるのを忘れるな」

その夜、出先から戻ったケビンを加え、賑やかな夜は更けていった。突然自分の別荘に侯爵家と伯爵家の客人がきたことにケビンはだいぶ戸惑ってはいたが。

翌朝フランシスは最後まで文句を言いつつも、祝福の言葉を残して先に王都へ出発した。

クローディアにとって、ヘイスティング侯爵邸ではない場所で、シリルと朝を迎えるなんて不思議な心地だ。

ちなみに婚姻前の男女であるから、当然部屋は別々である。念のため、鍵はしっかりかけた。

「ちょっと話をしたかっただけなのに、鍵をかけて眠るなんて酷いじゃないか」

「やっぱり夜中にいらしたのですか」

呆れたクローディアは、胡乱な瞳で彼を見返した。

「夜中は眠るものです。お話でしたら、今どうぞ」

シリルはクローディアとの関係を隠すつもりはないようで、アリステリアとケビンがいる前でも、平気で甘い言葉を囁いてくる。

それだけならまだしも、未婚の男女にとって不適切な距離に踏みこんでくるから、厄介だ。

――フランシス様に連れて帰ってもらえば良かったかしら……

クローディアだって、大切に扱われ愛を囁かれるのは嫌いじゃない。しかしものには限度がある。

基本、慎み深く奥手な身としては、全力でぶつかって来られると戸惑ってしまうのだ。

「慣れてもらうしかないな。僕は改めるつもりはない」

「さようでございますか……」

「他人行儀だな。だけど内心の照れを隠すためだと分かっている。素直になれないところも、可愛いよ」

溺れるほどの褒め言葉と愛を、惜しみなくシリルは与えてくれた。おかげでクローディアの地を這っていた自信は、すっかり復活している。

自分に魅力があるなんて信じられないけれど、彼が良いと言うのなら、他者の評価はどうでもいいと思えた。

叔母の手助けをしながらすごす穏やかな日々。

もしも家庭教師に扮《ふん》してヘイスティング侯爵家に行かずここで暮らしていれば、それはそれで心の傷を癒すこともできたのかもしれない。

時間はかかっても、立ち直れた。

けれどクローディアは自分を愛することはできなかったと思う。

己を価値のない人間だと、心の底で諦めてしまったに違いない。そして——この先一生、誰のことも愛せはしなかった。

「何を考えているの？」

赤子の服を縫っていたクローディアに、頬杖《ほおづえ》をついたシリルが話しかけてくる。

何が楽しいのか彼は、縫い物をするクローディアの手先をずっと見つめていた。

「——シリル様のことです」

正直に答える。

「貴方のことが本当に好きだと、実感していました」

「……っ、狡いな。普段本心を隠している君が言うと、破壊力がある」

珍しく赤面したシリルは、自分の口を押さえて睫毛を伏せた。

「流石は小悪魔だ……」

「私は小悪魔などではありませんよ。いったい人を何だと思っていらっしゃるのですか」

「いつも僕を翻弄するくせに」

「されているのは私です」

軽い言い合いも楽しい。

常に負けっ放しのクローディアは、照れた様子の彼を見られて溜飲《りゅういん》を下げた。たまには、こんなことも悪くない。

アリステリア親子は午睡中、ケビンは仕事で出ている。

少ない使用人たちは、忙しく立ち働いていた。

つまりこの部屋の中にいるのは、クローディアとシリルの二人だけだ。

「……赤子の服は、小さくて玩具のようだな」

「これからどんどん大きくなるので、叔母様は大変だわ。私もお手伝いしなくちゃ」

「その前に、クローディア自身が母親になるかもしれない」

「え……」

驚いて手元からクローディアが眼を上げれば、欲望を揺らめかせた彼の瞳とぶつかった。

澄んだ水色の奥に、燃え盛る焔がある。クローディアだけに向けられる渇望の証だ。

「あ……」

手を重ねられ、握っていた針と布を取り上げられた。拒めなかったのは、魅入られてしまったから。

美しく危険な、獣の眼に。

「シリル様……」

「クローディアに触れたい」

最初に彼の指が触れたのは額。次に目尻。そこから頬を滑り下りて唇に至った。

クローディアの顔の線を辿る動きに、鼓動が高鳴ってゆく。

「もっと触れていいか」

上手く言葉が紡げず、クローディアは頷いていた。

許可した手前、多少シリルの手が大胆になっても文句は言えない。彼の指が唇を割りクローディアの歯に触れても、じっとしていた。

「キスしたい」

いつもなら勝手にするのに、今日に限ってお伺いを立ててくる。だがクローディアの口の中にはシリルの指先が収まったままだ。

喋ることは勿論、傷つけてしまいそうで今度は頷くこともできなかった。

「僕のクローディア」

影が差し、口づけられていた。

クローディアが座った椅子の肘掛けに手をついた彼が、覆い被さってくる。閉じこめられる錯覚は、身体の内側を騒めかせた。

二人だけの濃密な時間が流れ出す。

クローディアの加速する心臓は、期待に打ち震えた。

見つめ合ったままキスを繰り返し、お互いの髪や肌を弄る。極力声を押し殺して求め合うのは、どこか悪いことをしているようで官能が高まった。

「ここでは、駄目ですっ……」

「どこならいい？　もう限界だ。クローディアが欲しくて気が狂いそうなんだ」

余裕のない台詞にも、クローディアの下腹がきゅんと疼いた。

「私が寝起きしている部屋で……」

掠れた声に、自分自身も余裕がないことを知った。少しシリルに触れただけで、こんなにも身体は反応している。

すっかり淫らに作り替えられてしまった。責任は、取ってもらおう。

「行こう」

「自分で、歩けます」

「いっときも離れたくない」

抱き上げられて運ばれたクローディアが恭しく下ろされたのは、ベッドの上。

二人分の体重を受け軋《きし》んだ音に、激しく羞恥を煽られた。

ゆっくり服を脱がされて、衣擦れが淫猥に耳を打つ。何度味わっても慣れることがない。

クローディアは恥ずかしくて思い切り眼を閉じた。すると。

「触って」

右手を取られ、何やら硬いものへと導かれた。

温かくて脈打つ、棒状のものだ。

何を握らされたのか分からなかったクローディアは、不思議に思い正体を確かめようとした。

「……っ！」

頭を起こした直後、後悔する。

薄々知ってはいたが、直視したことなどなかったのだ。

まさかあんなに凶悪なものがシリルに備わっており、自分の身体に出入りしていたなんて。

しかし驚いたクローディアの指先に力が籠もってしまった瞬間、彼が悩ましく眉間に皺を寄せた。

艶めかしいその表情に、恐怖が薄らぐ。

どうやら快感を得てくれたらしい。すると、クローディアは手の中にあるシリルの屹立が、急に可愛らしく思えてきた。

「……痛かったら、言ってください」

起き上がり向かい合って座ると、彼がいつも自分にしてくれているように丁寧に扱った。上下に摩り、透明の滴を滲ませる先端を突く。ふと思いついて舐めてみると、少々苦かった。

「……くッ……」

シリルの額に浮いた汗に勇気を得、今度は口に含んでみた。彼は眼を見開き驚いていたが、やめろとは言われなかったのでそのまま続ける。

太い竿《さお》はとてもクローディアの口に入りきらず、顎が怠《だる》くなってきた。

だがこれまでシリルが与えてくれた快楽を思えば、この程度は何でもない。むしろ立場が逆転したようで楽しかった。

追い詰められてばかりだった自分が、彼を乱している。その事実がクローディアの興奮に拍車をかけ、大胆にさせた。

「は、ふ……気持ちいい、ですか？」

「……っ、どこで覚えたんだ？　他の男だったら、許せないな……っ」

「こんなこと、したいと思うのはシリル様だけです」

他の男性など、考えただけで吐き気がする。

愛情があるから恥ずかしいことも痛いことも我慢できるのだと、クローディアはようやく悟った。

気持ちが伴い、信頼関係が築かれていなければ無理だ。逆に言えば『この人なら』と信じられる相手なら、もっと悦ぶ顔が見たくなる。

そういう意味では、クローディアはケイシーとの初めての恋に溺れてはいても、どこか冷静さを保っていたのだろう。本当は結婚自体に恋をしていたのかもしれない。

口をすぼめ、頬の内側で硬い楔《くさび》を摩擦する。吸い上げると、彼は小さく呻いて水色の双眸に色香を滾《たぎ》らせた。

「はっ……拙いのに、クローディアに見上げられるだけで達してしまいそうだ。情けないな」

「あ……」

口内から引き抜かれた剛直は、クローディアの唾液に塗れ、卑猥に濡れ光っていた。眼にするだけで、不思議と自身の脚を擦り合わせたくなる。

「ありがとう。今度は僕の番だ」

「きゃっ……」

シリルに両足首を掴まれ持ち上げられたクローディアは、後ろにひっくり返った。ベッドの上だから危険はないけれど、突然のことにビックリする。

「最高の眺めだ」

「や……っ、やめてください」

何も纏っていない身体は、隠してくれるものが一つもない。そんな状態で大きく脚を開いているということは……

「信じられない……！」

真上から覗きこむ彼からは、全てが丸見えだ。

本来であれば結婚するまで——いや、夫婦となってからも明るい光の下で晒すべきではない秘めるべき場所が。

「積極的なクローディアも素敵だが、やはり酔っていない時は、こちらの反応の方が似合っているな」

「は、放してください」

もがけばもがくほど、いやらしく身をくねらせる羽目になる。

注がれる視線の熱さに、肌が火傷《やけど》するかと思った。

「恥ずかしい……っ」

「泣かないで、クローディア。すぐに羞恥など分からなくしてあげる」

「え……、ひゃうっ」

シリルの肉厚の舌が、クローディアの花芯を捉えた。開脚させられ無防備な園を、隈なく舐められる。

彼の高い鼻梁にも擦られ、膨れた淫芽は卑猥に顔を覗かせた。

「……ゃ、あ、あ」

「君のここは、慎ましいのに蕩けやすい。素直なくせに意地を張るクローディア自身みたいだ」

「そこで、喋らないでくださっ……ひ、ぁッ」

ふ、と吹きかけられた息だけで、クローディアは太腿をひくつかせてしまった。

淫猥な姿勢をとらされて、淫らな台詞でいたぶられ、どうしようもなく感じてしまう。相手がシリルであるなら、何をされても喜びにしかならなかった。

「もう一度言ってくれないか。僕のことが好きだって。何度でも聞きたい」

これまでのクローディアなら、『何度も同じことを言わせないでください』と突っぱねたかもしれない。正直に胸の内を吐露するなんて恥ずかしいし、女の側からしつこく想いを口にするものではないと思っていたから。

だが今は、愛の言葉を乞う彼を満たしてあげたい。

己の気恥ずかしさなど、後回しにできる。大切な人を喜ばせられない常識など、無意味だ。

「……好きです。誰よりも、シリル様を愛しています」

「僕もだよ。君以外の女性など、眼中に入らない。――あ、エリノーラだけは例外にしてもらえると助かるかな」

「ふふ、勿論ですよ。私も、シリル様よりエリノーラ様を優先してしまうかもしれません」

笑い合い、鼻先をくっつけ合った。

互いの髪に指を絡ませ、焦点が合わない至近距離で見つめ合う。相手の瞳に映るのが自分だけなのを確認し、深く口づけた。

「自分の妹に、嫉妬しそうだ」

再度掴まれた左足首を掲げられ、爪先にもキスをされた。

器用な彼の舌が、ねっとりと足の親指を舐《ねぶ》る。くすぐったさと、そんな箇所を愛撫される戸惑いで、クローディアはされるがままになっていた。

汚いからやめてと喉元まで出かかる言葉が、どうしても音にならない。唇から漏れるのは、熱く弾んだ吐息だけ。

潤む瞳で見あげていると、シリルが官能的な流し目を送ってきた。

「クローディアはどこもかしこも甘い」

「そんなはずは……」

「本当だ。特にここは、僕を誘惑して引き寄せる、危険な蜜を滴らせている」

ようやく脚を解放した彼は、再びクローディアの脚の付け根へと狙いを定めた。

すっかり熟れてしまった秘裂は、自分でも分かるほどに濡れそぼっている。シリルの指先がぬるりと滑り、伝い落ちる滴が肌を震わせた。

「……っん……」

蜜口に舌を捩じこまれ、わざと音をたて啜《すす》られる。彼の髪がクローディアの太腿を撫でる淡い感触さえ、愉悦の糧になった。

「ぁあ……っ、駄目、ぅ、あっ……」

花芽に愛液を塗りたくられ、やや強めに弾かれて、あっという間に官能が飽和しそうになる。だがあと少しというところで、シリルは半身を起こした。

「ひくひくして、いやらしいな。そんなに僕が欲しい？」

質問の形を取りながら、求められている返事は一つだけだ。基本的に優しいが、彼はこんな時、嗜虐的《しぎゃくてき》な一面を垣間見せる。

しかしそんなところも嫌いではないクローディアは、すっかり囚われてしまったのだろう。答えの代わりに両手を伸ばして抱擁を乞う。艶めいた息を漏らしたシリルは、要望通り抱き締めてくれた。

「ほら、こうして君は僕を見事に操っている。これが小悪魔でなくていったい何なんだ？」

耳に注がれる声は、どこまでも甘かった。耳朶を噛まれ、ゾクゾクと愉悦が走る。

クローディアが背をしならせると、敷布との間にできた隙間に彼の手が忍びこんだ。

「きゃっ……」

「この体勢は初めてだな」

抱き起こされ、シリルの膝の上に跨《また》がる姿勢になる。以前、同じ方向を向いて座る状態にされたことはあったが、向かい合うのは初めてだった。

——あの時は、鏡の前で……

激しく淫猥なことを思い出しそうになり、クローディアは慌てて頭を振った。これは精神衛生上、掘り起こしてはいけない記憶だ。

「クローディア、少し腰を上げて」

促され膝立ちになると、天を突く彼の屹立が眼に入る。こくりと息を呑んでしまったのは、無意識だった。

怯えたからではない。期待で、喉が渇いてしまったからだ。

シリルに支えられ、ゆっくりと腰を落とす。解れて潤んだクローディアの花弁は、難なくシリルの剛直を呑みこんでいった。

「……ぁ、あ……」

「そのまま、最後まで」

「これ以上は……っ、無理……」

自ら受け入れるのと、彼が入ってくるのとではまるで違う。

中腰で動けなくなったクローディアは、涙目でシリルを見つめた。

「大きくて……おかしくなりそう……っ」

「またそういう可愛いことを言う……っ」

「ひ、あッ」

クローディアは腰を掴まれ、引き落とされた。同時に下からも突き上げられて、眼の前に火花が弾ける。

身体の奥、信じられないほど深い場所に彼が到達していた。全てを収めた肉筒は歓喜に戦慄《わなな》き、彼の楔に絡みつく。

女の本能に従い、もっと奥へと誘っていた。

飢えは助長された。

「んんっ……く、ぁ……」

シリルが喋ると、振動が響いて快感が生まれる。だがもどかしすぎる刺激のせいで、余計に飢えは助長された。

動いてほしい。

いつものように荒々しく穿って、嵐の如く翻弄してほしかった。

「ぁ……シリル様っ……」

腹の中で、ドクドクと脈打つ様が伝わってくる。媚肉が吸いつき、艶めかしく扱いていた。

視線だけを濃密に絡ませ合い、クローディアは我慢比べのように身動きを堪えている。

動いたら負け、という根拠のない勝負を仕掛けられている気分だった。

陥落し、先に白旗を上げたのはクローディア。

「……シリル様を……っください……！」

「いくらでも」

にやりと笑んだ唇の端を舐め、彼が力強く突き上げてきた。

最奥を抉られ跳ね上がり、落ちてきたところをまた突き上げられる。隘路を割り開かれ、クローディアはシリルの背中に両手を回し、嬌声を上げた。

「あぁあ……っ、ゃあああッ」

最初から激しく奥を捏ね回されて、息を継ぐ暇もない。

ズンズンと重い注挿を繰り返されて、何も考えられなくなってゆく。子宮を揺さ振られる衝撃に、理性は容易く砕かれていた。

「あぅッ……は、ぁあッ……あんッ」

汗が飛び散り、肌が滑る。振り落とされまいとしてクローディアは必死にシリルにしがみついた。

すると胸の頂が彼の肌に擦れ、新しい喜悦を産む。充血した淫芽にはシリルの繁みが押しつけられ、全身に快楽が広がっていった。

もう、どこもかしこも気持ちが良くて、淫らに泣き喘ぐ。

自らも腰を振り「もっと」とねだり、クローディアは自身の脚を彼の腰に回した。

「あぁあ……ああッ」

「クローディア、愛している」

一際深く抉られて、頭の中が真っ白になった。

迸らせたはずの自分の嬌声も聞こえない。ただ手足を痙攣させ、胎内に吐き出される白濁を享受する。一滴も逃すまいと収縮する襞《ひだ》は、クローディアを更なる絶頂へ押し上げた。

「……っ」

欲望を吐き出したシリルは、荒い呼吸のままクローディアを掻き抱いた。激しく喘ぐ背中を摩り、労わってくれる。

首筋に顔を埋められると、乱れた呼気が擽ったい。クローディアが身じろぐと、まだ繋がったままの場所から二人の混じり合った蜜が溢れ出た。

「あ、あ……」

彼が抜け出てゆく感覚にさえ快楽を覚え、卑猥な声が漏れてしまう。

横たえられたクローディアは、弛緩した指先で己の下腹に触れた。

いずれ命が宿ればいいと願う。エリノーラのように愛らしく、アリステリアの子供のように無垢な子がいい。

――いいえ、シリル様の子供なら、どんな子でも愛せるわ……

額と目蓋にキスをされ、クローディアは幸福の中で意識を手放した。

エピローグ

「クローディアお義姉様《ねえ》」

クローディアがエリノーラの呼びかけに振り返ると、彼女は恥ずかしそうに頬を染めた。

「なぁに?」

「うふふ……呼んでみたかっただけです。お義姉様」

もじもじとする様は、本当に愛らしい。最近食欲が増したエリノーラは、ややふっくらとし健康的になっていた。

クローディアがケイシーと完全に決別してから半年。今ヘイスティング侯爵家に『家庭教師』はいない。代わりに、新たな『家族』が加わっている。

旅行から戻ってきた侯爵夫妻に、シリルはすぐクローディアとの結婚の意思を打ち明けた。

最初は反対していた両親も、息子の熱心さと娘の懇願に負け、最終的には許してくれた。

一番大きな障害である身分の問題を、フランシスが解決してくれたことも大きい。

なんと彼は、クローディアを自身の両親に娘として受け入れさせたのだ。つまり、戸籍上フランシスとクローディアは兄妹になった。

これにより『伯爵令嬢』の身分を得たので、侯爵家に嫁ぐのに釣り合いは取れる。

最後の問題は、最上の策と思われるこの方法をシリルが最後まで嫌がったことかもしれない。

『あいつと義兄弟だなんて、最悪だ……』とこの世の終わりのような顔をずっとしていた。

しかも悪乗りしたフランシスが『義弟は義兄の言うことを聞くものだ』などとからかうので、余計に拗れた。

あの二人は仲がいいのか悪いのか、クローディアにはよく分からない。もしも自分のせいで仲互いしたらどうしようと、内心悩んでしまった。

「お兄様がたは、いつもあんな感じです。もともと兄弟みたいなものですもの」

エリノーラがにこやかに言うのなら、きっとそうなのだろう。クローディアはあまり深く考えないことにした。

「クローディア、エリノーラ。僕を仲間外れにしないでほしいな」

仲良く女同士で話していると、夫であるシリルが割って入ってくるのはいつものこと。彼は並んでソファに腰かけていた二人の間に、強引に腰かけてきた。

「お兄様ったら、子供みたい」

「久しぶりに休暇が取れたんだ。大好きな二人に囲まれたいと思うのは、当然のことだろう」

シリルは最近以前よりも忙しく働いている。あちこち飛び回り、長く屋敷に戻れないことも珍しくなかった。

「僕の愛しいお姫様たちに、癒してもらいたい。両手に花だ」

左右に座る妻と妹を抱き寄せて、彼は心の底から嬉しそうに笑った。

「しょうがない、シリル様」

呆れながらもクローディアは、隣の夫に身を預ける。

幸せすぎて、時折怖くなる。けれど全ては、己の心の持ちようだとも今は知っていた。

誰だって、不幸になるために道を選ぶわけではない。数々の選択をし、努力した上でやっと維持できるものなのだ。

『普通』の幸福は誰かが用意してくれるものでなければ、簡単に拾える類のものでもなかった。

噂に乗って流れてくる元婚約者たちの話を思い出し、クローディアはそっと目を閉じる。

あの後ケイシーは浮気を繰り返し、ヘレナとの夫婦仲は破綻してしまったという。子供がいるので離婚は考えていないようだが、何とも遣《や》る瀬《せ》無《な》いことだ。

クローディアの言葉も痛みも、全く彼に届かなかったということだから。

男性に頼る生き方しか知らないヘレナにも同情する。きっと辛い思いをしているに違いない。

けれど全て彼らが選んだ結果だ。

憐みはするが、これ以上手を差し伸べようともクローディアは思わなかった。

――性格が悪いわね、私……

だが届かない虚しさを感じてまで、彼らに関わる気にはなれない。今の自分にとって、大事なのは新しい家族だ。他に煩わされるよりも、大切にしたい時間がある。

「クローディア。また何か悩んで、勝手に罪悪感を抱いているのではないだろうね？」

何でもお見通しのシリルは、クローディアの頬を軽く摘まんだ。

「大体考えている内容は察しがつくけれど、君が気にする必要はない。あれは夫婦の問題だ。それに今は無理でも、長い時間をかければ改善されることもある」

「……そうですね」

優しく頼り甲斐のある夫の言葉に、クローディアは頷いた。

いつかは、彼らにも救済を。

消極的に祈り、自分が奇跡のような幸福の中にいることを、改めて噛み締めた。

「愛しているよ、クローディア」

「私も、シリル様をお慕いしております」

あとがき

初めましての方も、そうでない方もこんにちは。

山野辺りりと申します。この度は本書をお手に取ってくださり、ありがとうございます。

今回、甘く可愛くエロティックなお話にしようと心がけました。

しっかり者で頭がよく性格も悪くないのに、男性に頼ったり甘えたりすることが苦手なヒロインが、色々あって婚約者と親友に裏切られてしまうところから話は始まります。

我ながら、可哀想です。しかしこんな時でも冷静に振る舞ってしまう主人公。

不器用です。自分の本音から眼を背けているせいか、お酒をきっかけにして大爆発。そして悪者……もとい、ヒーローに捕獲されてしまう哀れな子。

ことね壱花さんのイラストが、私のイメージを遥かに超える可愛らしさと美しさです。本当にありがとうございます。幸せ。担当してくださったNさん、多忙な中インフルエンザも乗り越えてチェックしてくださり、ありがとうございました。皆様に、心からの感謝を。

またどこかでお会いできることを祈って。

山野辺りり

Mitsuneko Label

蜜猫文庫をお買い上げいただきありがとうございます。
この作品を読んでのご意見・ご感想をお聞かせください。
あて先は下記の通りです。

〒102-0072　東京都千代田区飯田橋 2-7-3
(株)竹書房　蜜猫文庫編集部
山野辺りり先生 / ことね壱花先生

侯爵令息は意地っ張りな令嬢をかわいがりたくて仕方ない

2018年4月28日　初版第1刷発行

著　者　山野辺りり

発行者　後藤明信
発行所　株式会社竹書房
〒102-0072 東京都千代田区飯田橋 2-7-3
電話　03(3264)1576(代表)
03(3234)6245(編集部)
デザイン　antenna
印刷所　中央精版印刷株式会社

Printed in JAPAN
ISBN978-4-8019-1446-9　C0193
この作品はフィクションです。実在の人物・団体・事件などには関係ありません。

かわいくて、淫らなキミは、わたしの世界一の奥さまだ

聖エルモ大学に通うハルカは子どもができたら結婚してもいい、という条件で赤の聖爵アレクシスと付き合い始めた。「もっともっと快楽に乱れた君が見たいな」単なる戯言だと思っていたのにアレクシスは熱心に告解室での子作りを迫ってくる。華やかで奔放な彼の気遣いや面倒見のよい面を知るにつれ離れがたくなってしまう。遂に子どもができ、喜々として結婚の準備を始めるアレクシスに隠していた自分の事情を言えないハルカは!?